中公文庫

百鬼園先生と私

内山　保

中央公論新社

百鬼園先生と私　目次

I

III

百鬼園先生と私

I

ドイツ語の歌

私はその頃、郷里信州の山辺温泉の旅館の一室で高等学校（旧制）の受験勉強をしていた。これは東京の家ではざわざわして落ち着かないから、静かな田舎でじっくり勉強するようにとの、父の思いやりであった。

松本市の郊外にある、この温泉場は客も疎らであった。時によっては混む事もあるが、多くは日帰り客が主で、一週間も十日も泊まっている人はごく少なかった。私は、そんな客を送り迎えしながら、約三カ月以上泊まっていた。静かなのは好きなのである。けれども、別館の特別に静かな一室に閉じこもっていた私は、時として、客の無い、ガランとした日などは、却って淋しくなって、落ち着かず、妙に人恋しい寂しさにおそわれて、勉強出来ない時がよくあった。

こんな生活の中で、私は一人の泊まり客と知り合いになった。この人は三潴《みづま》末松という名前で、その頃、東京帝国大学の法学部長をしていた三潴信三博士の弟さんであった。胃が悪いとかで、静養に来ていたのであるが、やはり、私と同じように、話相手をほしがっていたらしかったのである。三潴さんは、時々私の部屋に来て、長い間話をしていった。三潴さんは帝大の英文科二年まで在学していたけれども、学校に行っている内に大学なんてつまらないところだと感じると、嫌になってやめてしまったのだといった。そして将来は作家として仕事をしていくのだといった。

神経質らしく、からだつきや、全体から受ける感じが何となく芥川龍之介に似ていたところがあった。私とは年齢からいっても十歳近く違っていたようであるが、お互いの話や気持は良く通じ合った。先輩として、受験の心構えや、英語の勉強の仕方や、どんな本をよんだら良いか、などと、自分の過去の経験から、心のゆき届いた親切な注意をしてくれた。数学では幾何が好きだという話を私がした後で、三潴さんは私に、

「君は学校に入ったら、ドイツ語をやったらいいネ……」といった。

私のどういうところが、ドイツ語に合っていたのか知らないが、三潴さんは、はっきりこういった。その後三潴さんは帰京してからも、私に心のこもった、親切な、親しみある手紙をくれた。そして、

「君には初めての高等学校の入学試験だけれども、もしも不幸にして失敗したとしても一度くらいの失敗で気を落とさないで頑張って勉強するように」と、あった。

私はその年の試験は不合格だった。三豬さんにも、東京へ帰ってから会ってみたいと思っていながら、会わずじまいであった。以来そのままになっている。入れなかったのだから勿論ドイツ語もやるどころではなく、そんな事は忘れてしまった。

翌年、私は、ほんの腰かけのつもりで、法政大学の入学試験を受けることにした。別に法政が気に入った訳ではなかったけれど、外に受ける大学もなかったことと、もう一つの理由は、あまり面倒な所よりも、籍を置いて、受験勉強が出来る楽な学校というのが、私のねらいであった。

十七歳の青春時代、世間知らずの私の、この頃の気持ちは感傷的であった。文学部を志望して受験した。試験問題は私には皆、やさしかった。私はどの問題も二十分ぐらいで書いてしまった。

ちょうど英語の答案を書いているときであった。時間の途中で一人の恰幅のいい先生が入ってきた。その先生は四十四、五ぐらいで、渋い和服の羽織袴《はかま》姿、柔和な目つき、それに血色のいい顔に銀ブチの眼鏡をかけ、髭をはやしていた。特に顎のところに、ちょっぴり蓄えた髭は品が良く、印象的であった。（これは入学後わかったが、小説『煤煙』の作者森田草平先生で、後年私たち夫婦の仲人になってくださった方だった）

先生は、人なつこい顔で、私たち受験生にいった。

「時間の途中だが、ちょっと、おねがいしときます。いま渡す紙に、入学した後で、第二外国語にドイツ語をやるかフランス語をやるか書いて出して下さい。それから、名前と受験番号も、いっしょに書いておいて下さい」

「まだ通るか通らんかきまらんでもですか？」誰かが、質問した。すると先生は、

「まだ、きまらないけれども、いちおう入ったものとして、どちらを選ぶかというわけなんだ……」

緊張した場所にもかかわらず、このわかりきった質疑応答と、先生の独特な話のしぶりとに、私たちは思わず笑い出した。先生もいっしょに笑った。そして、先生は二、三度大きく咳をしたあとでいった。

「これは諸君が入った後で、組分けをする必要があるからです……」

私はどっちにしようかと考えた。私は文学をやるつもりではあるが、また外交官に

なりたいとも思っていた。外交官になるとすれば、外交語であるフランス語をぜひしなければならないのである。けれども私にはその頃 Geliebte がいた。これは私の姉の友だちで、私が中学一年の頃から親しくしていたのだった。少年の私はこの Geliebte のことが忘れられなかった。彼女は高等女学校を卒業して、上野の音楽学校（今の芸術大学）の声楽科の学生になっている。もちろん、学校でドイツ語を習い、ドイツ語の歌を歌っているのである。

私は英語の答案を書いてしまったあとで、さて、ドイツ語と、フランス語と、どちらにしようかと迷った。外交官になるには、どうしてもフランス語にしなければならないし、彼女のことを思うと、ドイツ語を習って、いっしょにドイツ語の歌を自分も歌いたいと思った。時間いっぱいに出せばよいと思ったので、暫くの間、私は考えに耽っていた。試験を受けていることなんか忘れて、思案し、彼女の姿を思い浮かべるのだった。私は最後に「よし、ドイツ語にきめた。いっしょにドイツ語の歌を歌うことができたら、どんなに楽しく、嬉しいだろう」と思った。そして、その書いたあとは気持ちが楽になったし、後悔しなかった。

だから少なくとも、私の場合は、自分がドイツ文学の研究をしたり、哲学を勉強しようなどという高遠な理想のもとに、ドイツ語をはじめたのではなかった。もちろん当時微々たる中学生の私は、まだ、ドイツ文学のなんであるかも知っていなかったのだ。ただ、私の、Gelibte と、自分もドイツ語の歌を歌いたかったばかりである。

法政に入ってからは、内田百閒に三年間ドイツ語でいじめられた。「僕はドイツ語では君たちの肉を食らい、骨をしゃぶり、血をすすってやるから、その覚悟で勉強しろ」といわれた。

私の心は感傷的な一方、また、こうした、未知のたくましい語学、周囲の学友たちが悩んでいたドイツ語、これを身につけることに興味と快感と優越感といったようなものを感じて、片っぱしから、自分のものにすることに努めた。それにもかかわらず、私のドイツ語は一向、上達していないのである。

しかし、こんな動機でやり出したドイツ語が、いまでは、細々ながらも自分の生活を支える唯一のものであり、と同時に、学校で学生をいじめ、苦しめているものであるとは、ハテ、サテ、我ながら妙な感じがするのである。

（『館林文学』一九六〇年二月号）

代返

私はドイツ語を、法政大学の予科一年に入ったときに百間〔のちの百閒〕先生に教わった。第二外国語であったから、第一外国語の英語よりは時間は少なかったけれども、毎週九時間あった。この九時間のうち、一時間はグセル先生の会話であったから、八時間が文法訳読である。百間先生は、一人で、この八時間を私たちのために受持っていたのである。

私たちの頃は、予科三年であったから、三年間、ドイツ語を通じて、百間先生と交わりを結ぶようなことになってしまったのである。

どうせ法政あたりに来るような学生に、碌《ろく》な奴はいないにきまっている、と、たかをくくって、お座なりに教室に出ていた先生を、私たちより一年前に入った先輩の、原田、多田、田中さんたちの勉強家が、先生を追っかけて、ドイツ語熱をクラスにひろげたので、先生も学生の熱意にほだされて、動き出したのである。

ところが、一旦、動き出したら、とまらなくなって、凝り性の先生は、ドイツ語で学生を徹底的に、いじめ出した。語学に興味のない学生にとっては、此の上ない迷惑な話であるけれども、学生である以上、迷惑でもなんでもやらないわけにはいかない。

私たちが入った頃は、ちょうど、先生の油の乗って間もない時だったのである。

恐っそろしく、眼の大きな、ムッとした先生で、ニコリともしない。どうも、甚だとっつきの悪い先生である。私は、こんな先生に面倒なドイツ語を習うんじゃ、うっかり怠けられないぞ、という気がした。

前の日にやったことを、翌日には必ず学生にあてて、質問するのであるから、いやでも応でも、勉強しないわけにいかない。当てられて出来ないと、

「勉強して来なかったんですか」

と、いうだけで、しつこくしてこなかった理由を問いつめるわけではないけれども、どうも、気味がよくないのである。

どうせ一流の大学ではなし、適当に出席して、お茶を濁して、学期試験を通過していれば心配いらない、くらいのつもりで入って来た私たちには、だいぶ、当てが外れ

た恰好であった。

それでも、最初のうちは、教室全体が、ざわめいていて、おちつきがなく、学生の出席も出たら目であった。

丁度、土曜日の午後、ドイツ語の時間であった。百間先生は授業が始まると、出欠簿と教科書をもって、教室に現われた。学生の出席はまばらであった。それも、土曜日の午後では、学生は午前中の授業が終わると、昼からの時間は切り捨てて、どこかにいってしまうのである。この日も、クラスの出席状態は、やっと半数程度であった。先生は出席をとった。さて、授業が始まるのかと思っていたら、真面目な顔つきで、

「どうも、頭数より、出席が多いように思う」

と、いい出した。教室の中は、少し、森《しん》とした。

「もう一度、出席をとり直します」

先生は始めから、やり直しをした。そして、すんでしまうと、

「さっきよりは少なくなったけれど、まだ、何だか多いようだ」

私は、おかしくなった。しかし、みんなは真面目な顔つきをして、成り行きを、かたずを呑んで見守っていた。先生は苦い顔をしていた。

中公文庫『百鬼園先生と私』お詫びと訂正

本書の著者名、内山保の読みに誤りがありました。正しくは「うちやま・たもつ」です。謹んでお詫び申し上げ、左記の通り訂正いたします。

誤　著者・内山保（うちやま・やすし）
正　（うちやま・たもつ）

中公文庫編集部

「変じゃないか、返事の数が減っていくのは、……もういっぺん、とり直します」

また、出欠のやり直しである。終わってしまうと、

「だいぶ、減った。今度はいいかな」

と、先生はいいながら、教壇の上から、鉛筆を持って、一人一人学生の頭を数え出した。

「よし、全部で二十六人」

先生は、今呼び上げた出欠簿の人数を別に数えてから、いった。

「もう一度、とり直すから……」

いくらなんでも、ここまで追いつめられて、代返《だいへん》をする者はよっぽど馬鹿か、心臓の強い者しかいない。そして、一つ前のとくらべると、こんどは五人だけ、また少なくなった。

「この五人の返事をした者は誰ですか、白状し給え」

誰も返事をしない。黙って顔を見合わせているだけである。先生の顔は、いよいよ苦りきっている。

「よし、それではこの五人は来週、僕のところに来るようにいってくれ給え、そして、

必ず、当てるから、予習をして来るように、いってくれ給え」

先生はそういって、その五人の名前を私たちに告げると、出欠簿の五人の名前の頭に、鉛筆で、忘れないように、しるしをつけた。その五人の名前は、いまでも、私は覚えている、応援団長をしていた、茶山を始め、川越、山岸、市川、戸塚の諸君であった。

お蔭で、私たちは、ドイツ語の時間が、いつもより、半分くらい短くてすんだ。

内田先生の時間

一時間目と二時間目は経済学で、ＡＢ二クラス合併で講堂で授業があることになっていた。私は三時間目にある内田先生の独逸語《ドイツ》の下調べをしていなかったので、その日は家を出る時から経済学の二時間を休んで、独逸語の下調べに当てることにしていた。

併し、経済学に出席しなければ、出欠簿には二時間欠席になるので、三時間目の独逸語の時には、先生に休んだことがすぐばれてしまう。「何故休んだ」と先生に聞かれれば、忽《たちま》ち返答に困ると思ったので誰かに代返《だいへん》をして貰って出席したことにするより他に仕方がなかった。私は森田に頼もうと思って、その話をしたら森田も実は経済学を休んで、独逸語の下調べをする積りにしているから駄目だと、同じようなことをいった。それじゃ二人で一緒に調べることにして、誰かに二人分の返事を頼もうということになった。

それで、森田と私は浜地を捕えて話したら、浜地は自分も出たくないのだけれども、そういうことなら、引き受けてもいいと義侠心を出して呉れた。

そのうちに始業のベルが鳴って、クラスの者は全部教室を出て行った。森田と私は皆がいなくなるまで、教室の中に動かずにいた。二人だけになったら、お互に顔を見合わせて笑った。今までざわついていた各教室が、急に静かになって自分たちの話し声や、歩く靴の音が響いて、何となく気がひけてならなかった。

森田と私は机を隣り合せて字引を引き始めた。大急ぎで単語を引いてしまわなければ、間に合わないと思ったので、無言でやっていた。十分もしたと思う頃、森田が一寸《ちょっと》便所に行って来るといって、下に降りて行った。森田が出て行って、すこしたって気がついたのであるが、風でドアが少し開いていたので、私は外から見られてはいけないと思って、立って行って閉め直した。森田が帰って来ても二人は余り喋べらずにやった。

経済学が終って、クラスの者たちが、どやどやと教室に戻って来た頃には、先生に当てられてもどうやら解釈の出来るくらいに、調べられた。

「どうだった」と二人は第一番に浜地に尋ねた。浜地はにこにこしながら、「見つかるかと思って心配したけれど、うまくいったよ」と義理を果したような顔つきでいった。

「そいつは、うまくいったなあ」と森田と私はお礼のようなお礼でないような調子でいった。そして三人で大きな声で笑った。

私はうまくいったので、まあよかったと安心したのである。私は先生の家から学校に通っていて、他の時間はまだよかったが、独逸語の時間に当てられて出来なかったり、下調べをして行かなかったりしては、お世話になっている先生に済まないという気持があったのと、帰ってから先生に何かいわれやしないかという心配もあったのである。併し、きょうは何とか当座のつくろいは出来たので、気持も楽になったように思った。

三時間目が始まった。私は始めから出席していたような顔をして席に着いていた。私は一番前列の而も先生の立っている直ぐ前が、私の席であった。先生は出欠簿を持って教壇に立たれた。そして、出欠を採ってしまうと、私の方を見て私の名を呼ばれた。私は「ハイ」と返事をして立ち上った。私は当てられたのかと思った。先生は私の顔をじっと見て、「君は経済の時間に出たのか」と厳かな口調でいわれた。私はどきんとした。その瞬間小便が出そうになった。

「……」

「君は出なかったのだろう」といわれた。

「ハア、出ませんでした」と私は低い声でこれだけいって先生の顔を見上げた。先生の顔は蒼白になって、いくらか口脣がふるえていた。私は何だかこわくなった。

「出ないでいて出席になっているのはどうしたのだ」とじわりじわり追究された。

「……」

「さっき僕が教室の前を通った時、ドアが少し開いていたので閉めようと思って中を覗いたら君が字引を引いていたので、経済の時間を休んだのだと思って、あとで出欠簿を調べて見たら、休んでいる筈のが二時間とも出席になっている。全体休んだなら休んだでいいけれども、出席もしていないでしたような顔をするなんて、そんな掏摸《すり》見たいなことはするな。返事は誰に頼んだかいいたまえ」

もう何とも弁解の余地はない。それかといって、まさか浜地に頼んだとはいくら何でもいえなかった。出駄ら目をいうことは出来ないし、私はどうしていいか返事に困って、頭を下げたままで、つっ立っていた。
先生の怒り方が真剣なので、誰も音を立てる者もなく、教室の中は静まり返ってい
た。すると、今まで黙っていた森田が、いきなり立ち上って、
「僕も内山と一緒に休みました」といった。今まで孤立無援の状態にあった私は、森
田が立って呉れたので、息をつくことが出来た。
「君は休んだか知らないが、僕は君の姿を見なかったので知らない。内山は現に僕が
見たのだから……。併し君は誰に返事を頼んだか」と先生は森田の方を向いていわれ
た。森田も一寸詰ったようであったが、
「誰かがやって呉れたんだろうと思います」と、森田はとっさに気をきかせて、真面
目な顔をしていった。併し、先生はそんなことで承知せられなかったし、誤魔化され
はしなかった。飽くまで共犯者を挙げる積りでいられた。そして、又私の方に向き直
って、
「誰に頼んだか、名前をいいたまえ」といわれた。私は泣きたいような気持になって、
唯もじもじしているばかりであった。すると今度は後の方で、
「僕がやりました」と浜地が大きな声をしながら立ち上った。これで全部挙げられて

しまった訳である。

「君たち三人は出席を誤魔化したのだから、この時間が済んだら、木村先生のところへ謝りにいって、生徒監に必ず出席を取消して貰わなければいけない」と言い渡された。

これでやっと許されて、三人着席したのである。独逸語はあてられなかったけれども、私には苦しい一時間であった。授業が終るとクラスの者が今の事件を早速話題にして、私たち三人をからかった。出席を誤魔化したお蔭で散散な目にあってしまった。

「まさか先生に見付かるとは思わなかったね」と三人顔を見合わせて笑った。兎《と》に角《かく》三人で学生監の部屋に出かけていった。後の方でクラスの者が又囃し立てた。いい年をした奴が三人揃って学生監の前で頭をかきながら、「木村先生の……」といいかけたら、学生監はもう今の事を知っていたらしく、

「大分やられましたね、君たちのような人があんなことをするとは思わなかった。木村さんの方はこちらからお話しておくからもう行かなくてもよろしい」と笑いながらいった。私たちはここでも大いに面目を潰して引き下った。

森田と浜地はこれで済んだからよかったけれども、私は家に帰れば、晩にはどうし

ても先生と顔を合わせねばならなかったので、いつものように平気ではいられなかった。まだ胸の底には、不安なかたまりが残っていて、気が晴れ晴れしなかった。授業時間の間にも時時それを思い出しては暗い気持になった。

家に帰って奥さんに、

「今日は学校で大失敗をやりました。先生が帰られたらお詫びをしなければならないのです」と私が元気のない調子でいったら、奥さんがどうしたのかときかれたので、学校であったことを全部お話したら奥さんはふき出すようにして笑われた。

「もう大丈夫ですよ、そんなことをしなくても」といわれたが、私は矢張り気が済まなかった。先生に叱られたということよりも、先生と顔を合わすことが、どうも極りが悪いような気がしてならなかったのである。晩飯もいつも程うまく食べられなかった。今に先生が帰られるかと思っていたが、なかなか帰って来られなかった。帰られたら、謝ろうと心構えをしていたけれども、十二時過ぎてもまだくぐり戸を開ける音がしなかった。私は先生が帰られるまで起きていようと思ったけれども、奥さんがしきりに勧められるので、お先きに寝床に入った。

朝起きて見たら、気持は大分軽くなっていた。掃除を全部済して、幾分不安な気持で先生の寝室を覗いて見たら、先生は目を覚していられた。そして天井の方を見て煙草をふかしていられた。私は決心して障子を開けて先生の枕もとに坐って、手をついた。

「お早うございます。昨日は申訳けありませんでした、今後は気をつけます」といって謝った。先生は天井を向いたままで、

「いいんだよ、いいんだよ」と優しくいわれただけであった。私は何だか急に瞼が熱くなるのを覚えた。も一度お辞儀をして先生の寝室を出た。

昨日以来の雲が晴れて、朝飯を食べて学校に行った。

（『アラベスク』一九三五年八月「特輯内田百間研究」号）

ゾルフ大使

七日の朝私は何気なく新聞を見ていたら、元駐日独逸《ドイツ》大使ゾルフ博士の急逝が掲げられているのが目についた。私はこの記事を読んだ瞬間、ゾルフ大使の死を唯一片の記事として読み去ることが出来なかった。自分が蔭ながら親しみを持っていた人が、なくなったような気持ちがした。そうして、私たちがまだ法政の予科一年に在学していた昔のことが、いろいろと思い出されてならなかった。

私たちは大正十年の四月に法政の予科に入学して、内田先生に独逸語というものを習い始めて、初歩のレーゼブーフを辞書と首っぴきで読みだした頃であった。

或《あ》る日、内田先生は独逸語の授業の終わりに、私たちにこんなことをいった。

「今度この学校で新築記念の祝賀のため学生の語学劇をやることになっています。独逸語の方では、ゲーテのファウストの中の、アウエルバッハスケラー・イン・ライプチヒというのを、二部二年の諸君が約半年ばかりかかって練習していたのを、やることになっています。君たちも勿論当日は、その劇を見るだろうが、台詞は独逸語だから、まだ君たちにはわからない、従って、見ていても面白くないと思いますが、君たちも独逸語をやっている学生として、台詞はわからないにしても、どういう内容かという筋だけは知っておいて見た方が、勉強にもなるし、又、人にきかれた場合にもよいと思います。それで、僕がアウエルバッハの所を独逸語の原本で、一字一字拾い読みをしてあげますから、有志の者は出席なさい。しかし、これは学校の授業ではないから、いやな人には無理にすすめません。ファウストはレクラム版で三四十銭も出せば手に入ると思うから、本が揃った上で、改めて始める日をきめます」

私たちは、先生の言葉をきいて、何だか非常に嬉しくて堪らなかった。第一レクラムが何だかわからない時なので、ファウストを原文から拾い読みして戴いたところで、勿論わかる筈はなかった。しかしそれでも気持ちだけは、ファウストが読めるような気がした。

私たちは早速ファウストを買いにいったが、レクラム版のは無かった。丸善の本店と支店とでたずねて、やっと、一部二部合本のファウストを七十五銭で買いととのえた。これも講義に出席する人数には足りなかったが、結局どうにかして間に合わせた。

この講義は三日間ぐらいで済んだ。先生が説明される、一字一句をききもらすまいとして、仮名をつけていったら、しまいには書き込むところもなくなる程になってしまった。そうして、買ったばかりの本が、アウエルバッハの所だけ真黒になってしまった。私たちは講義が済んでしまったら、何だかファウストを読んだような気がして、愉快でたまらなかった。この書き込みの本は当時の記念として、私は今でも大切に持っている。

演劇会は六月十二日に催された。この日は、私たちにとって、忘れることの出来ない日である。大学令に依って昇格した法政が、校舎の新築で学内の空気は新しくなり、新興法政の最も華々しいスタートに当っての、学生劇であったからである。

そうして当日は多数の観客の他に、欧州大戦後に復活した独逸が、新しい一歩を踏み出すために駐日独逸大使として赴任されたゾルフ閣下が来臨されて、特に祝辞を述べられ、会話の先生のカール・グセルさんが、その通訳を日本語でされるというので、この事だけでも私たちの気持ちは喜びで一杯だった。

劇は英語から始まって、いよいよ独逸語劇アウエルバッハスケラーになった。これは自殺した原田さんや、多田さんたちが主になってやったのであった。賑やかな学生の一群が舞台一杯に拡がって何やら独逸語でしゃべっている。そのうちに、『鼠の歌』を歌い始めた。これは後できいた話であるが、ゾルフ大使はその時、『鼠の歌』を観客席にあって、静かに手を打ちながら、一緒に歌っておられたそうであった。私たちも、ずっと後になって、『鼠の歌』を劇に出た原田さんや多田さんたちに教わって、講堂の教壇の上で大勢がひとかたまりになって、足踏をしながら歌ったものであった。

そのうちに、メフィストーフェレスに扮した原田さんが、老ファウストを連れて舞台に現われると、場面が一層緊張して、どういう訳かわからなかったが、気持ちが惹きつけられた。原田さんが歯切れのよい発音でしかも泰然とした調子で台詞をいい始めた。そうして、響のあるよく通る声で、『蚤の歌』を歌い出したら、全部の観客の目と耳と心は、メフィストの歌と動作に奪われてしまったように見えた。私などは嬉しくて、息詰まるような気がした。

アウエルバッハは場内が破れるような拍手の内に幕を閉じた。その後でゾルフ大使が大きながっしりとした躰で、静かに舞台の上に登って行かれた、グセルさんがそれにつづいて同じような恰好で登った。すると、また、拍手が盛《さかん》に起こった。

ゾルフ大使は相当年をとっておられたが、眉毛の太い、輪郭のくっきりした、渋味の中に親しみのある上品な顔をしておられた。そうして、重々しい口調で五六分間、独逸語で何事か述べられたが、私たちには勿論何の事かわからなかった、わからなかったが、非常に嬉しい感じがした。

ゾルフ大使の演説が済むと、グセルさんが、テニヲハを危な気に使いながらも巧みに日本語で通訳を始めたが、上がってしまったのか、それが途中からグセルさん自身の感想談になってしまったりした。

ゾルフ大使とグセルさんが再び元の席に戻って、二人で仲よく隣り合って腰をかけて、劇を観つづけておられた。

その時の写真を見ると面白いことに、大勢の観客の前方に、同じように禿げた大きな頭が、二つ行儀よく並んで舞台の方を見入っているのがある。

ゾルフ大使は、私たちとは個人的には何の関係もなかったが、私たちが法政に籍を置いて、ようやく新しい法政を築き上げるために先生と学生が一緒になって、自分たちの道に進もうとした際に行われたこの学生劇に、特に大使が臨席されたことは私たちにとって、此の上もない名誉であり、喜びであった。

その後、たびたび行われた学生劇には大使自身は来られなかったが、いつも代理として大使館員をよこされた。ゾルフ大使は前後八年間日本におられた。その間、日独の融和のために尽力されたが、帰国されても、常に日本に対しては、誰よりも好意を持っておられたようである。

私はゾルフ大使のこの度の急逝は、種々の点に於て惜しいことであると思うと共に、当時学生であった私たちの心に、一つのよき印象を与えてくれた、あの、なつかしいゾルフ大使を思う時、全然他人の死とは思われない感じがする。

これは、ただ、私一人だけの感じではないだろうと思う。当時、共に学んだ学友はもちろん、殊に熱心に劇の指導をされた内田先生や、アウエルバッハに出演した多田さんたちは、一層思いの深いものがあるであろう。

私はゾルフ大使の逝去にあって、夢のように過ぎ去った学生時代を思い出し、謹んでゾルフ大使の霊に祈るのである。

（『武蔵野風物誌』一九三五年十二月号）

青春の日

毎週水曜日が訪問日になっていた。

法政の私のクラスの友人たちが、日をきめずにやってきて、夜おそくまで、食べたり、呑んだりして時によると泊まっていったりもする。学生相手に遊ぶことの好きな先生も、しまいには、不時の訪問を迷惑に思うのであった。

お客をすることの好きな奥さんからも、小さな抗議が出るのだった。

「こう毎日じゃ、やりきれません。ちったア、休んでもらわにゃァ。……」

内田先生は、その頃、毎週金曜日は、横須賀の海軍機関学校に教えにいっていた。その日は朝四時頃に起きて、それも奥さんが枕もとでつきっきりで、長い間かかって起してから、ゆっくり食事をして人力車で東京駅に駈けつけるのである。これが普通の先生だと、何でもないことなのであろうけれど、内田先生ときたら送り出すまでが大変なのである。てっとり早く何でも出来ない性分なのだから、まるで駄々っ子を扱うようで、ちょっとやそっとの気苦労ではないのである。だから、前夜は早く、ゆっくりからだを休める必要があるのである。それに私自身も、友人連中にこう毎晩おしかけられたのでは、堪らないと思った。宴会に使う部屋は、私の居間兼勉強室なのであるから、私もいつも仲間に入る手前、学校の勉強が出来ないのである。こうした、いろいろの事情から、学生の訪問日は、毎週水曜日と、固く、先生から申しわたされた。

ところが、だらだらでやって来た連中も、はっきり訪問日がきめられると、大ぴらに、遠慮なく、大勢、やって来る。食い気盛りの、呑みたい学生連中が、この夜だけは、我が世の春とばかりに、長夜の宴に、歓楽をつくすのである。このしきたりは殆ど、毎週、例外なく、長い間くり返されていた。そうして、集まる連中も、一二の新顔は別として、大体、私の級友十人前後であった。

「今日の御馳走は、お肉でもこうときましょうか……」

「いや、そんな贅沢なものはいらん、あいつ等には、鶏の臓物でたくさんだ……」

友人たちがやって来る前に、私は学校を終えると一足先に帰って臓物、野菜、こんにゃく、ねぎを始め、必要なものを買いにいく。そして酒屋にいって、酒、ビールなど仕込んで、先生のお母さんや、奥さんたちと、宴会の準備をする。すっかり用意が出来た頃、先生が帰って来る。遅れて後から来る者もあるけれども、大いていは、ぞろぞろ、先生のあとについてやって来るのである。

そして、みんな、はじめは尤《もっと》もらしい顔つきをして、奥さんに挨拶するのである。煮方はいつも、先生がつとめる。ありったけの臓物をみんな鍋の中にぶちこんで、具をうんと上におき、ザラメを蓮華のサジで、幾はいも入れ、その上から、味醂をかけて、最後に醤油を注ぎこむのであるが、その手ぎわは、長年の馴れで、あざやかである。

そのうちに、お燗が出来ると、御大を始め飲める連中は、チビリチビリやり出す。鍋の中が頃合いに煮えてくると、みんな、待ち構えていたように、次々と箸をつっこんで、臓物や具をひっぱり出して、頬張るのである。

「臓物の皮のところは、チュウインガムを食べているようで、僕は好きなんだよ。……すぐ嚙みきれないところが、うまいんだ」

先生はそういいながら、臓物のうまさのどこにあるかを、教授する。

みんな勝手なことをいいながら、呑んだり、食べたりする。私はそんな間にも、幾度も座を起《た》って、台所に必要なものを取りにいく。

酒がまわって、いい気持ちになると、歌が出る。先生のおはこは明治時代の古い歌ばかりである。

「けぶりも見えず、雲もなく、
風も起らず、波たたず、
鏡の如き黄海は、
曇りそめたり時の間に……」

「おい、内山さん、君も一杯呑み給え、そんなに食ってばかりいないで……」

「ハア」

「そうだ、そうだ、プーさんにも呑ませろ」

私の綽名を、みんながプーさんという。みんなに盃をおしつけられて、我慢して、やっと、二三杯呑むと、顔が赤くなってしまう。

金矢《かなや》が、活弁の真似をして、お得意の『ほととぎす』をやり出す。

「鳴いて血とばすほととぎす。上中下三巻の長尺物、新派悲劇は、いかんながら、これをもって、終りと致します……ピイー」

「うまいうまい」

みんな手を叩いて、喜んでしまう。

「金矢さん、御苦労！　さア、一杯」

酒好きの金矢君は、注がれた酒をグーと一息に呑んでしまう。

すると今度は、北村が詩吟をやり出す、北村のおはこは、いつも、きまっていた。

「渭城朝雨浥軽塵　　客舎青青柳色新
勧君更尽一杯酒　　西出陽関無故人」
『渭城の朝雨軽塵をうるおす　　客舎青々柳色新たなり
君に勧むる更に尽くせ一杯の酒　　西のかた陽関を出ずれば故人なからん』

北村が目蓋の上まで赤くなった目をつぶって、美声をふるわせながら吟じ終わると、

先生は、

「僕はその詩すきだよ、もう一度うたって見ろよ……」

「大《だ》いぶおにぎやかのようですね、私もちょっとお仲間に入れて、つかアさい……」

奥さんも、一応台所の方の手がすくと、私たちのところに顔を見せられる。

「や、奥さんどうぞ、こちらへ、こちらへ」

みんな、ゆずり合って、席を作る。奥さんは、その空いたところへ坐られる。

「奥さん、一杯、一杯……」

奥さんの手に無理やり、盃をもたせて、お酒をつぐ、

「へえ、戴きます、戴きます」

奥さんはおいしそうに、注がれたお酒を両手で恰好よく呑みほされる。

「もう一杯、いかがですか……」

「もう、たくさん……、それより、金矢さんの『ほととぎす』、あっちできいていましたが、うまいもんですね、もう、一度、きかせて下さいよ」

「おい、金矢、やれ、やれ」

「駄目だよ。おれは、恥ずかしい」

「恥ずかしがる金矢さんでもないでしょう。そんな大きな、図体をして……」

暫くすると、奥さんは、また、奥へ消えてしまう。

酒が途中でなくなると、追加を出入りの酒屋にとりにいく。「内田ですから」というとお金を持っていかなくとも、いくらでも渡してくれる。

鍋をつつき、酒を呑み、すっかりいい気持ちになると、中には御飯も食べずに、そのまま横になって寝てしまう者もある。私は呑めないから、食べる一方である。先生はいつまでたっても酔わない。強い者数人を相手に平気でいる。御大がへこたれたとあっては、教室での威厳に関するのか、泰然として、容もくずさない。その間にも、酒がまわって、代り番こに、あっちの隅、こっちの隅で、ひと寝《やす》みやる。そして、目が覚めると、また、お膳《ぜん》の前にのこのこはい出してきて坐って、仲間入りをはじめる。

「さア、そろそろ飯にするか、汝等臣民ども、……内山さん、そろそろ、御飯を持ってきて下さい」

「おい、起きろ起きろ、飯だよ。こいつ、よく眠っていやがるなア」

私は台所にいって、茶碗をはじめお櫃《ひつ》や、おかずや、漬物を、運んでくる。一同、それぞれ、自分の席に坐る。ところが、酒豪の金矢は末座に引きさがって、かしこまるように坐ったと思うと、ペタリと、両手をついて、薄くなった頭を、畳の上に、すりつけるようにしてから、向う正面に坐っている先生の方を見上げ、芝居もどきにやり出した。

「わが君様には、麗わしき御尊顔を拝し、恐悦至極に存じ奉りまする」

するとこんどは北村が起《た》ち上がって、そばにあった御飯の入っているお櫃をかかえこんで、片足をくの字に上げて、

「よおー」と、女みたいな声で相の手を入れながら、お櫃の底を、ポン、ポンと叩く。みんながゲラゲラ笑い出しても、二人はニコリともしない。真面目な顔つきで、恐悦至極、ポン、ポンをやっている。おはちは北村が抱えこんでいるので、すむまでよそうわけにはいかない。

「金矢に一杯ついでやれ」

と、先生が笑いながらいうと、

「へ、へー、有り難きしあわせ、しからば、一献《いっこん》、頂戴なつかまつる」

山下が、お膳の上の盃をとって、金矢に渡そうとすると、平井が、もっと、大きい奴がいいといって、お椀の蓋を渡す。金矢はそれを両手に受ける。そこへ、お酒をこ

ぼれるように注ぎこむと、

「しからば、御免！」

といいながら、金矢はお椀の蓋を傾けながら、大仰な恰好で、グーッと、ひと息に呑んでしまう。みんな感心して、パチパチと拍手をする。平井が、

「苦しゅうない、いま、一献」

「へ、ヘエー、有りがたきしあわせ……」

金矢は二杯目を受ける。みんなも面白がって、とめもしないで見ている。

「酒ばかりじゃ、何か食べるもの、やらなきゃア」

浜地がそういうと、先生の隣に控えていた森田が、先生がぬいで、そばにおいていた足袋の片方をつかむと、ポイッと、金矢の方に放った。

「それ、これを、下げつかわす、有りがたく頂戴いたせ！」

金矢は盃を畳の上に置くと、ハハッと溜息のような声を出して、おもむろに、その足袋を右手につかんだ。

「身に余る下されもの、しからば、頂戴なつかまつる」

どうするんだろうと見ていると横合いから北村がその足袋をひったくった。金矢も

負けていないで、またそれをとりもどした。そしていきなり足袋を口にくわえたと思ったら、親指のところを、バリバリと噛みきって、乾だらでも食べるように、食べてしまった。そして、あとの残った足袋をポイッと横っちょに放ってしまうと、お酒をあとから呑みこんだ。

「おいおい、そんな目茶なことして、大丈夫かい」

先生は呆れ返って、声をかける。一同毒気に当てられたように、声も出ない。

「汚《き》ったねえなア」

「驚いた奴だネエ」

奥さんも度肝をぬかれて、顔をしかめながら、

「金矢さん、そんなもの食べて、お腹がいとうなりません、きたなやノオ」

これで、一幕である。金矢もグッタリしたらしく、胸で大きく息をする。

御飯を食べた後、まだ、お櫃の中には半分近く御飯が残っている。それを、臓物鍋の食べ余った鍋の中に、全部たたきこんで、しゃもじで、こげつかないように、返す。

「先生、そんなことして、食えますか」

「汝等臣民ども、こんな、うまいものを食ったことがないだろう。これはいま食べる

より、明日食べる方が、もっと、うまいんだ」

そんなことをいいながら先生は鍋の中の御飯を、上下にかきまわす。御飯はすっかり、臓物の汁を含んで、いい色になり、ギラギラした黄い脂肪で、つやが出て、うまそうである。事実、これほど栄養があって、うまいものはない。


午前一時はとっくに過ぎた。かれこれ、二時頃であろう。世間は森閑としている。家の方たちも、もう、とっくに寝床に就いて、誰も起きていない。起きているのは、百鬼園先生をめぐる、われわれ、不良青年だけである。

「さア、これから、散歩に出かけよう」

鶴の一声、一同は先生の後について、外へ出る。冷やっこい風が頬にあたって、気持ちがよい。目ざすところは、雑司ケ谷の森、墓地である。

「夜の墓場は、いいものだ」

先生がいう。石塔と、卒塔婆は永遠の沈黙をまもって、静かに立っている。その間を、みな、てんでに、声高に喋べりながら、ねり歩く。

漱石先生のお墓の前で、一同は立ちどまる。森田がいう。

「この墓は漱石先生らしくないですねえ」

「ほんとだよ、この墓は。松岡がイタリヤ風に作ったんだというんだが、俗っぽくてちっともよかアないよ……」

と、先生は合槌を打つ。島村抱月先生の墓が近くにある。北村と、金矢と、平井の姿が見えなくなったと思ったら、樹の茂って、暗くなったところへ上がって、お化けの真似をやっている。不気味な声を出しながら、石塔の陰から、ぬっと顔を出す。

それから、石塔をひっくり返したり、卒塔婆を引き抜いて、肩にかつぐ。百鬼夜行である。まるで『雨月物語』の『仏法僧』を思わせるようである。

墓地を出て道を歩きながら、庭のある大きな家の中に、一つ一つ卒塔婆を放りこんでいく、そして、最後の一つを、その日やって来なかった菊島の家の庭に投げこむ。

「あしたになったら、皆おどろくだろうなア」

そんなことをいいながら、顔を見合わせて、ゲラゲラ笑う。

街へ出ると、店屋の看板を二、三軒先の家のと、取りかえてかけたり、門札を、ペリペリ、ひっぺがしたりした。それでも、まだ飽きたりないのか、植木屋の花壇の上に置いてある鉢植えを抱えて歩き出した。驚いた奴ばかりである。先生は愉快そうにしていて、それを、とめようともしない。

丁度、道路のすみに、水道か何かの工事に使うらしい、長い鉄管が、たくさん高くつみ重ねてあった。先生はいきなり、その上に下駄でかけ上がると、

「おい、皆見ろ、秦の始皇帝は、後宮三千の上を、こうして歩いたんだよ」と、いいながら、フラフラした足どりで、鉄管の上をわたり歩いた。

あてもなくぐるぐる歩いているうちに、あたりが、段々白らんで来た。空地に出た。奥まったところに家がある。北村はそこの空地で、用便をたした。金矢が、その家の前にいくと、背伸びして、門札を、ペリッと、ひっぺがそうとすると、家の人は起きていたらしく、主人と思われるおじさんが出て来て、怒鳴った。

「何をするんだ！」

金矢は驚いたが、まじめくさった顔で、すかさず、

「ちょっとお尋ね致しますが、この辺に菊島という家は有りませんでしょうか」

「菊島もくそも、あるか！」

みんな、情勢悪しと見てとるや、逃げだした。

盆栽をかかえたまま、家まで持って来てしまった。その外、門札も何枚か、それぞ

れ戦利品として持っている。持って来る奴はいいが、後始末は必ず私がしなければならないのだから、やりきれない。

二三日たって、植木鉢は夜おそくなって、またもとのところへ、そっとかえしておく。門札は、玄関の入口のところへ、おいておくか、知っている家だと、打ちつけにいく。これは後の話であるが、いつも先生と一緒に私たちが行く、戸高という喫茶店がある。そこに、おかねさんという、田舎出の娘さんがいた。

「おかねさん、ちょっと椅子を貸して下さい。それから金槌も！」

「内山さん、そんなところへ上がって、金槌をどうするんですか」

「何でもいいから、金槌かして下さいよ」

おかねさんは、解せない顔つきで、金槌を持って来て、私に渡す。私は懐《ふところ》から、ひっぺがして釘のついている門札を、そっと出して、打ちつけはじめた。おかねさんは、呆れた顔して、

「いくら何でも、それは、ひどすぎますよ。小父さんに知られたら、おこられますよ」

「いや、すまんすまん、悪気じゃないんだから……」

私はいつも、極《きま》りの悪い思いをするのだった。

散歩を終えて、家に辿りつく頃には、夜もすっかり明けはなれてしまう。そして、みんなも酒の気がぬけて、そろそろ正気にもどってくる。帰りついて、少したつと、北村が、何かしきりに探しものをしている。

「おい、どうしたんだい、そんなに、まじめくさった顔をして」

「先生、どうも落としたらしいんです、今学期の月謝を。……ズボンのポケットに入れておいたんですが」

「どっか、ほかのところへ入っているんじゃないのかね、よく、さがして御覧」

「みんな見たんですがないんです。さっき出ていくときには、確かにあったんです」

「そいつは大損害だねえ」

「さっき用便をして、ズボンのポケットから紙を出したとき、一緒にずり落ちたんじゃないかと、思うんですが……」

さすがの北村も、すっかり青くなってしまった。それから、独り、さっきの場所へ探しに行った。しかし、お金は見当たらずに、しょんぼりと帰って来た。

「どうだい、あったかね」

「それが、ないんです」

「月謝っていくらなんだい」

「三十五円です」

先生はおかしくて堪らないのか、声を抑えて笑いながらいった。

「いいよ、学校にいって、僕の俸給の中から君の月謝を差し引いてもらっておくから」

北村も、やっと、安心したらしく、上にあがって、皆と一緒に食事をした。

朝食は、昨夜の臓物の御飯である。も一度火にかけて、あつくなったのを食べるのだった。

「さア、皆、飯を食ったら、早く退散しろ、僕のところに泊まって、学校を遅刻したなんていうことになったら、困るからなア」

食事がすむと、皆、鞄を抱えて、学校にとんでいく。皆の出ていった後、先生は悠々と構えて、支度をととのえて、出勤である。

学校へいって、授業が始まると、昨夜からよく眠っていないので、皆、はれぼったい顔をしている。内田先生は、ガラガラの声で講義をする。こんな時に、まだ昨夜のつづきのつもりで、ふざけた話し方をすると、えらいことになってしまう。だから、皆も、心得ていて、今朝初めて会ったような顔をして、授業を受ける。先生も真面目くさって、にこりともしない。

学校を卒業して、もう、永いことになる。あの当時の学友も、何人かは既に故人になった者もいるが、生き残っている者は、それぞれ会社の重役や、部長などになって、社会的にも経済的にも、おちついている。私一人はどうした巡り合わせか、昔の百鬼園先生の如く、大学のドイツ語の教師として、毎週一度、群馬にいって、田舎の学生たちを相手に、彼等に威武を示しているのである。

一分停車

或《あ》る土曜日の晩、食事が済んだ後で私が勉強していたら、先生に呼ばれたので、先生の書斎にいった。先生は奥さんと話をしながらお酒を飲んでおられた。

「もっと中にお入りなさい」

私はいわれるままに、先生のお膳《ぜん》の前に坐った。

「済みませんがね、明日の朝、品川駅までいって貰いたいのです。それは君も知っている今村君が、今度独逸《ドイツ》に洋行するので、僕も見送りしたいのだけれども、東京駅では他の見送りの人が大勢来ているに違いない、僕はそんな人込みの中にいくのはいやだから、品川駅にいって見送ってもいいと思うけれど、朝が早くて、行けそうもないから、代りに君にお願いするのです」

先生はここまで話されると、一口お酒を飲んで話をつづけられた。

「それで一切は手紙に書きますから、君はただ、内田が見送りする筈でしたが差支えが出来て来られませんがよろしく申していましたといって、それを今村君に渡せばよいのです。手紙は僕が後で書いて君の机の上に電車賃と一緒に置いておきますから、お願いします。しかし、品川駅の停車は一分間で停車時間が短いから、下手をすると間に合わなくなるから、朝早くいって下さい。二等車は中央に連結されている筈だから。では今夜は成るべく早くおやすみなさい」といわれた。

私は委細承知して自分の部屋に引きさがった。先生は奥さんと話をしながら、ゆっくり食事を続けておられた。『明日六時頃に内山君を起こしてやって貰うようにお母さんに頼んでおいてくれ』というような話が襖越しに私の耳に入った。

「内山さん、お起きんさいよ」

といって、先生のお母さんに起こされたのは、六時少し前であった。眠い目をこすりながら、先生の昨夜の言葉を思いだして、机の上を見ると、今村氏に宛てた手紙と、その上に五拾銭銀貨が一枚のせてあって、更に巻き紙に、ペンで、昨夜先生が私にいわれたような内容で、繰り返して書いてあった。そして、時間に遅れないように、停車時間は一分だから、汽車が着いたら見落とさぬようにしてくれと、重ねて書いてあった。

朝飯の用意はまだ出来ていなかった。先生のお母さんは幾度もそれについていいわけをしながら、麦粉をお茶でといて、茶碗に二杯こしらえて下さった。私は起きてすぐであったし、別に腹もすいていなかったので、二杯食べたら、相当腹がふくれたような感じがした。

目白駅まで歩いていった。朝が早いせいか人通りも少なく、気持ちがよかった。目白から品川まで省線で行った。品川に着いた時、初め今村氏を見送っておいて、それから帰りの切符を買って帰ろうかと思ったけれども、横須賀行きが来るまでには、まだ十五分以上も時間があったので、私は一旦外に出て、直ぐ目白までの切符を買って又中に入った。そうすれば、今村氏に手紙を渡して、そのまま上野行きの電車に乗れば面倒はいらないと思ったのである。しかし後になって考えれば既にここいらからどうかしていたのであろう。

私は列車到着のプラットフォームに立っている間にも、覚えている顔であるけれども、今村氏の顔をもう一度頭の中に思い浮かべて見た。五六分もしたころ、横須賀行きが勢いよく構内に入って来た。汽罐車の生ぬるい風が、立っている私の顔やからだを、なぎ倒すような勢いで払っていった。私は自分の前を徐々に速力をおとしながら過ぎて行く客車を、中まで見透すようにして送り迎えた。『二等だ』と、ゆるく停車しかけた二等車について少し走った。兎《と》に角《かく》一分間しかないので、気が気でなかった。最初見つけた二等車にはそれらしい人は乗っていなかった。私は目ばかりになって後の方に走って行った。も一つ二等車があったけれども、それにも今村氏の姿は見えなかった。一番最後まで大急ぎで走っていって見たが、後は三等車ばかりであった。おかしいと思って、後戻りして、最初に見た二等車を見直したら、真ん中辺のところに、今村氏が私の方に向かって腰をかけているのを発見したので、大急ぎで車内に入っていった。

私はいきなり今村氏の前にいって一礼した。今村氏も今村氏の傍にいた人々も一斉に私の方を見た。突然変な奴が入って来たので驚いたらしい。今村氏は私がお辞儀をしたのに対して反動的に帽子をとった。私は余り走ったため呼吸がはずんで、苦しくてすぐには口がきけなかった。自分には見えなかったが、恐らくこの時の私は蒼白であったと思う。私は手紙を今村氏の顔のところに突き出すようにして、

「内田先生からお手紙です……」とやっとこれだけをいった。額から汗が流れていた。

その後をいおうとしても心臓の鼓動が激しくて口がきけない。大きく息を吸い込んで次をいい始めた瞬間に発車のベルが鳴りだした。大急ぎで後を早口にいおうとしている間に、もう汽車は静かにフォームを離れだした。早く降りなければならないと思っているうちに車はグイグイと速力を増して来て、もう降りることは出来なかった。伝言の後をいわずに無理に飛び下りれば、降りられたかも知れなかったけれども、下手に飛び下りて怪我でもしたら詰まらぬと思ったので、そのまま動かずにいた。もうその時は、私は観念してしまっていたので、気持ちをおちつけて今村氏に後をつづけて話すことが出来た。

今村氏は先生の手紙を読んだ後で、自分の席のわきを空けて、まあお掛けなさいといった。私もいわれるままにその横に腰を降ろした。今村氏の向う隣りに八字ひげを生やしているが柔和な顔をした男の人が私に愛想をいった。その人は今村氏の世話掛りの人であったらしい。私たちと向かい合いに今村氏の奥さん（らしい人）と、奥さんの弟さんと思われる士官学校の生徒とが腰をかけていた。奥さんは、大きな宝石のついた帯止めをしていた。そして、さっきから、弟さんと二人で私の方ばかり見ていられた。

私は自分の用事が済んでしまったら、忽《たちま》ち困ったと思った。私はどうしようと思った。実際のところ、今朝先生から五拾銭一枚貰って来たうち、目白までの往復を買って残金二十二銭しかない。このまま横浜まで持っていかれたら、帰りは勿論行きだけでも困ってしまう。しかも二等である。どうもとんだ事になったと私は思った。しかし考えていても仕方がないので、正直に金のないことを今村氏に打ち明けて、横浜までの乗り越し賃を出して貰いたいと頼んだ。そのうちにも車掌が検札に入って来た。今村氏は「いいですいいです」といいながら八字ひげの人にそのことを話して呉れた。車掌が来た時、八字ひげの人は、横浜迄二等乗り越しの金を払ってくれた。これでまあ、往きは無事に済んだのである。私は今村氏とその八字ひげの人に厚く礼を述べた。その顔で向こう側を見たら、奥さんと弟さんが笑いもしないで私の方を見ていたので、何だか非常に極《きま》りが悪かった。しかし、私の気持ちはこれで全くおちついた。そして今村氏に、

「どうせ横浜まで参りますのですから、波止場まで、私もお見送り致しましょう」と私はいった。今村氏は「ええ」といった。汽車は非常に軽く走っていた。

「先生は何年ぐらいあちらにいっておいでになるのですか」と私がたずねた。

「まあ、二年ぐらいいて、あちらの劇場でも見て来ようと思っています」と、暢《の》んびりとした調子で答えた。そんな話をしている間に、汽車は早くも横浜駅に着いてしまった。

今村氏の一行はぞろぞろ下車した。私も続いて皆の後から遠慮しながら降りた。車中で話した通り、勿論私も波止場まで送っていけるものと思っていた。駅の出口のところで八字ひげの人が二三台自動車をやとっていた。八字ひげの人が今村氏を押し込むようにして第一の車に乗せた。それから次々に、誰それさん早くお乗りなさいなどといいながら、立っている人をどんどん押し込んだ。私はまあ一番最後でいいと思った。しかし八字ひげの人はもう私の存在など忘れているらしかった。最後の車に八字ひげの人がやっと乗った。私も乗ろうと思って自動車に近寄りかけたら、バタンと戸がしまった拍子に、自動車は白い煙とガソリンの臭いを残していってしまった。

私は自動車の後姿を見送っていた。私は独り残されたのである。何だかばつが悪いような、腹の立つような変な気持ちがした。そしてどうも少し不親切なように思われて、余りいい気持ちがしなかった。

私は困ったことになったと思った。家に帰る汽車賃は勿論ない。そうかといって、歩いて帰ったのでは、一日かかっても、一寸《ちょっと》あぶないと思った。ポケットには残金二十二銭しかない。これではどうにもならぬと思って、途方に暮れた。待合室に入って漠然と考えていた。仕方がないから、兎に角駅長に事情を話して、品川までの汽車賃を借りようかと思って、前を通り過ぎた駅員を捕まえて、話したら、何だか不愛想で、駅長がそんな便宜を取り計らってくれそうもないようなことをいったので、望みの綱は切れてしまった。初めからそんなことをいわなければよかったと思った。いっそ歩いて帰ろうかと思った。

しかし、もっとよい方法はないかと考え直した。そして、運賃表を見ることにした。私は浜地が大船にいることをすぐ思いついたので、大船までいこうかとおもったが、大船までは、私の持っている金では少し不足であった。不足のところは歩くにしても、もし大船までいって肝心の浜地がいなかったら、それこそ益々遠くなると思ったので、大船は断念した。一番無難なのは、持っている金で、横浜から東京に向かって行けるところまでいって、そこから品川まで歩けばよいと思った。最大限度川崎までしか買えなかった。切符を買ったら三銭私の手に残った。品川で三銭で入場券を買って中に入れば、鋏の入った目白までの切符は持っているから入場券は後で捨ててしまえば大丈夫だと思った。

電車の中で、川崎から品川まで無賃乗車をしてやろうかと、よっぽど思ったけれども、こんな時に限って発見される危険があると思ったし、後の事を考えたら、不愉快だったので、正直に川崎で下車して京浜街道を歩いた。自動車の通るたびに埃を浴びた。夏のことではあるし、日は段々暑く、少し疲れたが、私は品川まで元気を出して歩き続けた。大森辺を歩いていたら、小学校の一二年生の女の子が私に丁寧にお辞儀をした。多分私を学校の先生とでも思ったらしい。品川の少し手前で十二時になった。私は朝が早かったのと、歩いたのとでお腹が減ったが、今の場合そんなことは何でもなかった。途中咽喉がかわいて、幾度も水を飲んだ。

品川駅に着いた時はうれしかった。直ぐ入場券を買おうと思ったら、入場券は五銭であった。私は何か勘違いをしていたらしい。三銭だとばかり思っていたので、安心しきっていたが、二銭足りないとなると中に入るわけにはいかない。ぐゎんと頭をどやされたように茫然としてしまった。私はこの時ほどがっかりしたことはなかった。いよいよここで駄目だとすれば、家まで歩き続けるより他に仕方がないと思った。これから又歩かなければならないのかと思ったら、もう一歩も動くのがいやになって、暫く駅のベンチに腰を降してぼんやりしていた。

私は鋏の入った品川から目白までの切符をポケットから出して、眺めた。もしやと思って、服の内ポケットなどを探って見たが、何も出て来なかった。ここでも駅員に話すか、巡査にでも事情を話して借りようかと思ったけれども、横浜駅でこりた私はもうそれをいい出す勇気はなかった。たとえいえたにしても、相手が納得するまでには、嫌なこともきかされるだろうし、色々面倒だと思ったから、誰の恩恵も受けずに家まで帰ろうと決心した。

それから駅の入口で、飲料水を凡《およ》そ十杯ぐらい飲んで腹をこしらえた。品川からの近道も何も知らなかったけれども、小石川高田老松町までの最短距離と思う道を歩くことにして、その方向に歩き出した。川崎から品川まではさほどとも思わなかったが、品川から家までは随分遠いと思った。今でもどこをどう通って帰りついたかはっきりしない。途中誰か知った人にあわないかと当てもない事を考えながら、歩いた。誰にもあわなかったけれども、未練があった。途中青山表町に友人がいることを思い出したので、わざわざ立ちよってみたら、いつの間にか引越していて、家がしまっていた。散々な目にあってやっと辿りついたのが、江戸川公園であった。ここでも飲料水を馬のように飲んで、暫くベンチに腰をかけてひと休みした。ここまで来たら、もう家に帰ったも同然であると思ったら、急に気がゆるんでしまった。いつの間にかベンチの上で眠っていた。目が覚めたら赤トンボが一匹私の手にとまっていた。これはうっかりしすぎたと思って、元気を出して歩き出した。家に帰ったら四時半頃であった。

「ただ今」と家に帰った時は嬉しかった。奥さんも、おばあさんも、

「どうなさったのです」と口を揃えていわれた。

「どうもこうもありません、今日はひどい目にあいました」と、私が一部始終を話したら、奥さんもおばあさんも、

「やれやれそれはお気の毒な、さあお茶でもおあがりなさい」といわれた。おばあさんはおむすびをこしらえて下さった。そしてお茶と一緒にお盆にのせて私の前に持って来て下さった。

私は兎に角、疲れて足が痛かったので、自分の部屋に入って、足を揉みながら奥さんにたずねた。

「先生はお出かけですか」

「内田はあなたのお帰りを待っていたのですけれど、なかなかあなたがお帰りになら

ないので、帰られたらよろしくいってくれといって、菊島さんを連れてお昼の汽車で、御殿場に月見にいきました」と奥さんはいわれた。

うまいことをしたのは菊島だと、私は思った。

（『東炎』一九三五年六月号）

晩飯

晩飯はいつも、先生と私が、いっしょに食べることになっていた。これは、例外を除いて、長年のしきたりであった。

そして食事する部屋は、私の居間兼勉強室が、当てられていた。私は学校では内田先生の学生であるけれども家に居るときは、内田家の書生である。書生が主人である先生と、同じ食卓に向かって、同じ御馳走を食べるのであるから、普通の家では、これは非常な待遇であって、ちょっと考えられないことである。

夕方になると、出入りの肉屋のおばさんが、豚肉をカツレツに作るようにして届ける。それを先生のお母さんと、奥さんが、長い時間かかって、カツレツにつくるのである。

先生はお酒が好きな上に、美食家ときているので、おかずも、いろいろの品が並ぶ。

私が初めて先生と一緒に晩飯を食べたときには、全く驚いてしまった。食卓にのせられたカツレツが、二つの西洋皿に山盛りである。ざっと見ただけでも、少なくとも二十枚はあるのである。レストランで食べるような、形のそろった、大きなものばかりではないけれども、一度の食卓にこれだけのカツレツを食べるとは、いくら何でも、少し度はずれのような気がした。

「先生、これだけ食べるんですか」

「そうだよ、僕はカツレツが好きだから、いつも、こうするんだよ」

「へえ、これをみんな、へえ、驚きましたねえ」

私は驚嘆した。成る程そういう私自身も大食漢で食い辛棒《しんぼう》で、食べることにかけては、人後に落ちないつもりである。食べようと思えば、カツレツの十枚や二十枚は食べられないことはないけれど、普通の家で御飯を食べるときに、こんなに大量のカツレツを食べることは、いろいろの点から、出来ることではない。

私たちから考えれば、豚のカツレツは御馳走である。時たまのおかずとして、食《しょく》膳《ぜん》にのせることは出来ても、殆ど毎日では経済が許さない。それも、一枚か二枚ならまだしも、二十枚も三十枚もなどとは、どう考えても、先《ま》ず不可能である。

それを、内田家ではワンマンの主人が好きだというので、毎日欠かさず、しかも、量をたくさん、つくることになっているのである。

その外に、まだいろいろのおかずが、並ぶのである。カツレツを除いた、その他のものだけでも、普通の家庭なら十分御馳走である。先生はそれ等のおかずに箸をつけながら、お酒をおいしそうに呑む。

「君も遠慮なく、カツレツを食べたまえ、そして、ほかのものも、すきなものは、たべたまえよ」

私は御馳走ももとより結構好きであるから、箸をつける。うまいので、ぜいたくに、カツレツの山を次から次と、崩していく。

先生の方は、チビリチビリお酒を呑みながら、食べていくので、おかずの減り工合も上品であるが、私はお酒が呑めないので、御飯を食べずに、おかずばかり、むしゃむしゃ食べることになって、少々、極《きま》りが悪い。

「君も、一杯やりたまえ」

「ハア、じゃ、いただきます」

二三杯呑むと、私はすぐ顔が真赤になってしまう。一度、腹の中に酒が入ると、その何層倍かのおかずを食べないと、胸や腹の工合が変なのである。その後で、失礼して、先に御飯を食べてしまう。もし、私が酒好きだったり、また酒呑みの修業をしようと思えば、こうして、内田の家にいる間、先生と相向かいで食事をするのであるから、いくらでも出来たであろうけれど、幸か不幸か、酒とはどうも馴染めないので、その点では不肖の弟子である。しかし、先生の食べるものは、鰹の塩辛を除いては何でも食べられる。

「君は、僕の食べるものは、凡《およ》そ何でも食べられるね」

「そうですか」

奥さんは、夕飯は子供たちや、先生のお母さんと先に済ませてしまうが、ときどき、私たちと一緒にされることもある。たいていの場合先生の傍に坐っていてお給仕をしたり、話をしたりするのである。

先生は晩酌なら、日本酒で、二三合のところである。それを何時間もかかって、ゆっくり味わいながら呑む。何しろ、御馳走食いであるから、お酒の量は三合程でも、そっちの方で時間が長くなる。普通で先ず三時間半以上、時によると、もっと長くなる。お酒は少し呑みすぎたと思うと、プレン・ソーダを飲んで、酔を消すのである。

食事をしている間が、一日の中で一番楽しく、くつろぐ時間である。その日にあった出来事の話が先生からも、奥さんからも、私からも交換されて、和やかな笑い声になる。むつかしい文学談なんて出ないので至極、気が楽である。こんな話は、特に食事時には、先生には禁物である。

「先生の食べておられるのを見ると、何でも、うまそうに見えますね」

「僕はうまいから喰っているんで、うまくなければ食べないよ」

私はこんな愚問をして、ひっこみがつかないことがある。だから、それ以来、そんなことを、いわないようにした。

すっかりお酒も呑み乾《ほ》して、食事の目ぼしいおかずも残り少なになると、先生は、最後に御飯にする。子供の食べるような小さな茶碗に軽く二杯。ウルカで、お茶漬けである。漬物は岡山地方では「おくもじ」というのであるが、大根の葉ッパを陰干しにしたのを、ぬか味噌に長くつけて、少し酢っぱくなったのを、細かく小さく切り刻んだものである。それに醤油をしませて、熱い御飯にのせて食べる。いちいち食べるものが、凝っている。

しかし、先生の洋服や靴や、足袋など、身につけるものや、家具は上等のものは殆どない。私はどうも、いろいろのことで、自分の育って来たやり方と、先生の家のやり方と違うので、内田家の生活に沁みこむまで、気持ちがちぐはぐだった。

「先生は服や着物のいいのは着ないんですか」

「僕は食べるものには金をかけるけれど、後に残るようなものに、金をかけるのは好きではないね」

「ハー、そうですか」

「一日働いて、まずい物を食べるなんていやだね、僕は、うまいものだったら、どんな遠くにでも出かけて行って、食べるね」

しかし、後年、先生が高利貸にひどい目に遭って、学校を辞め、定収入が無くなって、その日の生活にも苦しいときが続いてからは、こんな大宴会は、先生や私たちの間では出来なかった。特に、酒が欠けては先生として、何より苦痛であったし、私たちも、傍で見ていて、気の毒なくらいであった。

けれども、何とか工面、やりくりしながら、ある程度の御馳走は、先生の食卓から消えることは、なかったようである。

私は内田の家で、こうした生活を長年していたせいもあり、それに自分にも多少そんなところがあるせいか、このしきたりが、すっかり身についてしまった。そうして、自分の家庭での晩飯の食卓が貧弱なときには、時おり目のまえに、カツレツの山が浮かぶのである。

撫箏の図に題す

私が障子を開けると、

「まあ中にお入りなさい」と百鬼園先生がいった。

「久しぶりに琴を弾きたいと思うから、明日琴屋にいって、糸をしめに来るように頼んで来て下さい。確か表通に一軒あったのだが、この間、通って見たら、引越して、いなかったから、どこかで琴屋を探して来てくれませんか」

また例の病気が始まったと思ったけれど仕方がないから、承知しましたと引き受けた。翌日学校の帰り途《みち》に、音羽通で一軒見つけたので、直ぐ来てくれと話したら、あいにく誰もいないから、明日にしてくれといった。帰って百鬼園先生にその事を報告すると、

「君すまないが、これからその琴屋まで琴を持っていって、すぐに糸をしめさして下

さい。明日までこうして、便々と待ってはいられない」といった。

全く気まぐれで、我儘《わがまま》なのには閉口する。私は長い奴を抱えて、琴屋にいった。琴屋の小僧さんと間違えられるような気がして、途々きまりが悪かった。

晩方琴屋の主人が琴を持って来た。百鬼園先生は非常に機嫌がいい。さっそく琴を横たえて、恐ろしい勢で弾き出した。

「こいつはいかん。この糸のしめ方がたりない」

「いけませんですか、はてな」といいながら、琴屋の主人は、妙な円《まる》っこい木片を懐《ふところ》から出して、何か変なことをしながら、糸をしめ直した。糸を横ぐわえにして、しごいた時、どこかなめた様子であった。

「これで如何でございましょうか」

百鬼園先生は、しさいらしい顔つきで、また調子を合わせながら、

「これでいい」と大いに満足の意を表された。その晩から早速弾き始めた。琴を始めると、はたの迷惑などは一向お構いなく、琴の胴が割れるような音を立てて、何時間でも弾き続ける。私はおちついて勉強も何も出来やしない。そのうちに音が鳴り止んだので、有り難いと思っていると、

「内山君」と私を呼ぶ声がする。いって見ると、「水を一杯持って来てくれ給え」といって、妙な顔をしていられる。

私が大きなコップに水をついで持っていくと、四角い琴爪をはめたままの手で、コップをカチカチと握って、一息に飲み干し、

「やれやれ、息が切れそうだった。君も勉強があるでしょうが、まあ僕の琴をお聴きなさい」といって、又弾き出した。逃げることも出来ないから、かしこまって謹聴した。のぼせ上がる様で、やかましいばかりで、面白くも何ともない。お蔭で時間をつぶしてしまった。

一体百鬼園先生は、何事によらず長続きしたことがない。琴も弾き始めると、暫くの間は立て続けに毎日毎日弾く。弾かなくなると、ちっとも弾かないのでそれでまあ助かるようなものだけれど、発作の来ている間は、釜の中で煮られるようである。

百鬼園先生は、自ら生田《いくた》流箏曲の名人の如く称していられるが、私はあまり信用していない。まとまった曲を終わりまで満足に弾いたためしがない。同じ所を何十遍でも繰り返して弾いている。だから聴いている方では、ちっとも面白くない。そして面白くないような所ばかりを繰り返す癖がある。きっとそういう所がむずかしいのかも

知れない。いくら弾いてもうまく弾けないらしい時は、しまいに爪でガラガランと琴を掻き廻して、座敷のなかで、一人で大きな声をたてて、笑っている。そういう所が名人なのかも知れない。

百鬼園先生が琴を弾くのは、夏の方が多い。冬は手が冷たいからだろう。暑い夏の日盛りに、行儀の悪いことには、裸になって猿又一つで、酒吞童子のような顔をして、からだ中汗を流しながら弾いている。

最も困るのは、百鬼園先生がどうかしたはずみで、琴をかなでながら、時々歌を歌い始める事である。これだけは止めて貰いたいと思うけれど、やっぱり始めると、中々切りがつかないらしい。家の中にブリントハイトがいるようで馬鹿々々しくもあり、情なくもあるし、また無気味でもある。

私は百鬼園先生の琴に悩まされながら、十年の間、先生と居を共にして暮らした。気も狂わずに無事にすんだことは何よりの幸いである。

（『続百鬼園随筆』三笠書房　一九三四年五月刊）

谷中安規「百鬼園先生撫箏之図」
『続百鬼園随筆』（岡山県郷土文化財団所蔵）扉絵

卒業論文

私は早く卒業論文を書かなければならないと思った。提出期日はもう幾らもないので、気になりだしているのであるが、論文のことを考えると、気が重くなるのであった。悪い癖で、私は何でもせっぱ詰まらなければしないのである。まだゆっくり日にちのある時にちゃんとしておけば、あわてでしないでもすむものを、ぎりぎりになるまではどうしても手につかない。だから、最後になっていつも大あわてをしなければならないのである。しかし、不思議と、いつも期日にはゴールインしているのであるし、また、事も足りているのである。そういう過去における幾多の経験があるから、いくら間際になっても、はたで心配する程のことはないという自信がついているので、いつも同じ事をくり返すことになってしまうのである。

友人の森田がやって来て散歩をしようと言うから、一緒に神楽坂に出かけた。

森田はお茶を飲みながら、こんなことを私に言った。

「僕がこんなことを言うと君は気持ち悪くするかも知れないが、僕は君のためを思って言うことなのだから。……君はまだ論文書いてないだろう」

「うん、書いてない」

「提出期日まであと四五日しかないのに、まだ書いてないのじゃ、間に合わないと思うね、僕なんか、夏休み中かかって、三度もやりかえて、やっと書き終えたぐらいだから、これからではとても間に合わないと思うがね。それに君は、二学期の試験を受けてないだろう。もっとも、これは藤田さんのところの用事で受けなかったことはわかっているが、そんな事は理由にならないと思う。だから、このままでいけば卒業の成績はいい点がつかないだろう。これは就職する場合に非常な損になると僕は思うのだが」

「それはそうかも知れない。だけれども、僕は書ける自信はあるんだ……」

「それがいけないんだ。君はその癖を直さなければ」

「しかし、僕はこれから一ヵ年卒業を延ばすことはいやだね、早く学校を出たいんだ」

「学校を出ても成績がものいう時代に、君の現在の条件じゃ損しやしないかな」

「僕は学校の成績なんか、そう重く考えていないね」

「いや、そうじゃない。この不景気な世の中で就職するのは、そんななまやさしい事じゃないよ。悪いことは言わない、もう一年延ばして、ゆっくり出た方が君の為だよ。社会に出て一年ぐらいの遅れはすぐ取り戻せるし、将来の事を考えたら、その方が君にとっていいのじゃないかと、僕は思うんだ」

私はこうした事については元来、深刻に考えない性分であるので、森田から理攻めで言われれば、尤《もっと》ものような気持ちにもなるのであった。長い人生の中の一ヵ年を急いだからといって、どうということもないだろうし、森田の言う如く良い成績で卒業することも必要だと思いはじめた。

「君の忠告はよくわかった。一年延ばすことにしよう」

「その方がいいよ。僕の言うことがわかってくれたことは有難い」

私は気持ちの上で多少の割り切れないものが残っていたが、卒業を延期することにして森田と別れて家に帰った。一年皆と遅れて卒業するのは、一抹の淋しさを感ずるのであるが、心の重荷になっていた卒業論文も書かないで済み、卒業試験の勉強もしないですむとすれば、これは気持ちとして非常に楽になったわけである。私は途々《みちみち》そんなことを考えながら家に帰った。

私は帰ると早速、藤田先生の奥さんに、卒業を一年延期することを話した。

「そんな、馬鹿なことがあるもんですか、森田さんがどんなことを言ったか知りませんが、ここに来て卒業を一年延ばすなんて駄目ですよ」

「でも私はそう決心したんです」

「そんな決心は、どうでもなります。論文が間に合わんて、まだ四日や五日はありますでしょうが。藤田なんか、卒業論文を書くのに二、三日前から書きはじめて、しまいには中島さんに手伝うてもらって、やっと書き上げて、車に乗って時間ぎりぎりに出したんですもの。いまから、もう間に合わんて、あきらめるなんて。藤田が聞いたって、そんなこと駄目だって言いますよ。もう家の用事はなさらんでよろしいから、今晩からでもお始めなさい」

これではどっちが論文を書くのだかわからない。奥さんの剣幕は全然私の弁解を受けつけなかった。決心がぐらつくようであるが、私は森田の忠告もわかるが、奥さんの言っている方が正しいように思われた。

「これから書きましょう」

ここではじめて、私は論文を本気で書く気分になったのである。書き上げるまでは一睡もしないぞと思った。どうせ三日や四日は連続徹夜だ。私は悲壮な決心をして、自分の部屋と机の上を片づけた。必要な参考書やドイツ語の原本を揃えて、大学ノートの分厚いのを机の上に置いた。

それから、奥さんに頼んで生卵を六つばかり買ってもらった。火鉢に火を起こして、炭入れに炭をいっぱい入れて持って来た。それから薬罐《やかん》に水を入れて火鉢にかけた。奥さんは生卵をどんぶりに入れ、茶碗を添えて、お盆にのせて持って来た。それからコーヒー、コーヒー沸かしと、砂糖をビンに入れて持って来た。

「お菓子とコーヒーを持って来ましたから、好きなように入れておあがりなさい。雨木さん、元気を出して、しっかりおやりなさい」

「有難う御座居ます。ぶっつづけにやります」

それから奥さんは、私の蒲団を押し入れから出して来て、私の後ろのところにうず高く重ねておいて行った。

私は机の前に坐ると、さてどういう風にして書き始めたものかと考えた。私は先《ま》ず卵を二つ取り上げると、つづけて茶碗に割って入れて、ひと息に飲んだ。これは勢力をつけるためである。卵一つは七時間の元気を出すという私の考えからである。それから薬罐の湯が沸き始めると、コーヒーを濃くして立てつづけに五杯ばかり呑んで、ビスケットを頬ばった。コーヒーは興奮剤だから、これだけ呑んでおけば、一睡もしなくても眠くはならないと私は考えた。仕事にかかる準備工作は簡単ながら一応これで終わったのである。

私は前もってメモ式に書いておいた覚えや、ノートを取り出して、一応目を通し、それを土台にして原稿の整理を始めた。それから、参考書を読んだり、必要なところを抜書きしたりして、序論から本論、結論という順序に進めていった。始めの内は断片的な材料なので、これで期日までに書き上げられるかと思うと、自信がうすれてしまった。しかし、ここまで来たら後へ引くわけにはいかないし、何でもかんでも書き上げるより他に途はないのであると思うと、私は一種悲壮な気持ちになった。こんがらかった糸をほぐすような思いで、まとめていった。

家の人たちは、私の勉強の邪魔をしないようにしているのか誰も大きな音を立てない。子供たちも寝る時間が来ると、床に入ってしまった。ただ奥さんが、

「どうです、出来そうですか」

といって、お菓子の補給のつもりか、ビスケットを大きな缶ごと置いていく。

これは私が菓子好きであるからである。

「はァ、お陰さまで、何とかいきそうです」

私は原稿が行きづまると、タバコを立てつづけにふかしては、コーヒーを入れて何杯も呑んだ。そしてビスケットを頬ばった。時々、後ろの蒲団にもたれて、天井を当てもなく眺めた。夜中になるとあたりが深閑として、聞こえるのは皆のいびきの音ばかりである。一晩や二晩眠らないでも、過去の経験から私は割合平気なのであるが、自分だけ眠らないで、たった一人起きていなければならないと思うと、馬鹿々々しいような気持ちにもなるのである。

それでも、最初の第一夜は思ったより論文の整理ははかどった。朝になって家の人たちが起きても、私は自分の部屋から一歩も外に出ないで仕事を続けた。朝飯も昼飯も奥さんか、先生のお母さんが運んでくれた。私はまるで修行のためのお籠りでもしているようである。坐を起《た》ったのは時々便所に行くぐらいである。或る程度形が出来て来ると、妙なもので、面白味と元気が出て来て、すらすらと運んでいく。これも卵とコーヒーと煙草のお陰かも知れない。

第二夜も大体第一夜と同じようなやり方で徹夜した。口の中がガラガラで、目ぶたが少しはれぼったいような感じである。あんまり坐りつづけなので膝頭が痛くてたまらない。しかし、今の場合そんなことは問題ではなかった。

私は疲れると、後ろの蒲団に、仰向けの姿勢でからだをもたせかける。しかし、どんなに眠くなっても、決して床を敷かない。一度本式に眠ったら、もうおしまいである。眠りつづけに眠ってしまうから、どんなに苦しくとも床には眠らないことである。

まだ大事なところが未完成になっていたけれども、いつまでも下書きをしていたのでは間に合わなくなると思ったので、私は第三夜から、大学ノートに本式に清書をはじめることにした。そして、途中の手をつけてないところは、直接に書きおろしてしまおうと思いながら進めていった。

第二夜までは張り切っていたし、それ程でもなかったが、第三夜になると、少しいやになってしまった。そうしたすきに、睡魔は遠慮なく襲って来る。いつの間にかペンを休めて、私はノートにうつぶせになっている。しかし、書かなければならぬという気持ちは、そんなときにも精神の中にひそんでいるらしく、トロトロしたと思うと、ハッと目を覚ます。これではいかんと思って、冷たい水で頭を洗って、深呼吸をしたり、体操をしたりしてまた続ける。夜が明けて明るくなると皆が起きる。何となく嬉しいような感じがする。奥さんは、

「よく続きますね。眠くありませんか」

と、食べ物を持って、私の部屋に訪れる。

「いや、大したことはありません。どうやら出来そうです。もうこれだけ書き上げましたから」

「どのくらい書かなけりゃいけませんの？」

「このノート一冊は少なくとも書くつもりです」

「それじゃまだ中々じゃありませんか」

「あんまり先を考えないで書かないといけないんです。中々だなんて考えるといやになりますからね」

「アッハハハ……、おかしなことばかり言う人ですね」

「いや、ほんとですよ。でもじきに書いてしまいます」

第三日目も済んで第四日目は相当疲れて来た。積もり積もった睡気は少し油断すると、襲って来る。それでも夜通し頑張りつづけた。今日の午後三時が最後の提出期限である。これに遅れたら万事休すだ。もし間に合わなかったら、一日ぐらい延ばしてもらえるのかと思っていたが、卒業論文だけは絶対にその融通はきかないのだと聞かされていたので、どうでもこうでも、書き終えなければならないのである。

夜中のうちはまだよかったが、夜が明けてから急に眠気がひどくなって、どうにもたまらない。ペンは一字歩いては止まり、三字歩いては止まる。ハッと思って、また書き続けるが、故障電車のように一行か二行、行くと停まってしまう。そして、睡気のする時によくあるように、手がピクッピクッと無意識にとんでもない筋肉のショックを起こして、変な字が書けてしまう。幾度もそんな状態をつづけながら、私はもう一息、もう一息と最後の仕上げを急いだ。そして、とうとうノート一冊約百枚近くのものを午後二時少し前までに書いてしまった。

私は書き終えると、大きくのびをして、顔を洗って、大急ぎで御飯を食べた。

「とうとう書きました」

「それごらんなさい。書いてよかったじゃありませんか。一年延ばすなんて言って、私が言わなかったら、まだ出来ていやしませんよ。お礼をおっしゃい……」

「どうも有り難うございました。これからすぐ、学校に出しに行って来ます」

私は時計とにらめっこで、昼食と朝飯をかきこんで、制服に着かえると学校に急いだ。随分苦しい何日かであったが、済んで見るとすっかり嬉しくなってしまった。学校に辿り着いて、早速教務課の窓口にノートを提出した。やれやれこれで大役は片付いたと思ったら、急に気がのびのびした。時に午後二時四十五分。締切の十五分前である。私はまだ十五分余裕があるんだから、自分ながら大したものだと思った。

〔本文中の藤田は内田の仮名である〕

腕時計

「内山さん、もし気持ちが悪くなかったら晋さんの時計、もらって下さいません？」

「はァ、いただきましょう」

「みんな、気持ち悪がって、そのままにしてあるんですが、……もし、つかって下さればば……」

「気持ちわるくなんかありません。晋さんのものでしたら、喜んで、いただきます」

「それじゃ、持って来ますから。……」

姉さんの元子夫人（画家）は、そういって、下に降りていった。

私は美しい応接間の、ソファにもたれて、亡友森田晋のことを、考えていた。

そのうちに、元子夫人は時計を持って上がって来た。私は元子夫人の差し出した時計を礼をいいながら、受けとった。

見覚えのある、なつかしい腕時計である。亡友森田が、学生時代に、よく、チョッキのポケットから取り出しては、文字盤を見たり、首をかしげながら、耳に当てて、セコンドの音をききいっていたりしていた、彼の仕草が、思わず目の前に浮かんで来る。そうして黒の紐も、そのままついている。

私は、もう一度、元子夫人にお礼をのべた。

「ただしまっておいても、もったいないと思っていたんですが、あんな病気だったんでどなたに差し上げるのも失礼だと思って……、でも、内山さんにもらっていただければ晋さんも喜ぶでしょう……」

「私は何とも思いません、それに、からだが丈夫ですから、そんな心配はいりません。私にも、晋さんのいい形見になりますから……」

森田晋は私の大学時代からの友だちである。頭もよく、いいセンスを持っていて、将来は作家として相当のものになるのではないかと、友人間にもその文学的才能を高く買われていたし、森田自身も、その方の勉強をしていたのであった。しかし、胸を病んで、卒業後一年たらずのうちに死んでしまった。それも、結婚して、まだ、一カ月たったかたたない、美しい妻君を一人残して、死んでいったのである。

まだ学生の頃、森田は銀側の、普通より型の大きな、いい、腕時計を持っていた。森田はそれを決して腕にはめないで、黒い紐をつけて、いつも、チョッキのポケットに入れていた。私は『はは、金持ちの坊ちゃんは、腕時計からしてちがうんだな』と、思った。

「君の、その時計、馬鹿にいいんじゃないか、やっぱり、僕たちとちがうなァ」

「いや、これは俺が買ったのとはちがうんだよ。君も知っている、伊東の形見なんだ」

森田は、そういって、時計をしまった。

伊東君というのは、森田の絵の友だちであった。二人は油絵を岡本歸一さんに習っていた。気が合った二人は、よく汽車に乗って絵の旅に出かけたものだった。私は森田の家によく遊びに行ったのがもとで、伊東君に紹介されて、知り合ったのだった。伊東君はおとなしい、感じのよい青年であった。森田の家に行っても、その後伊東君に一向に会わなかったが、私は直接の友だちではなかったので、別に気にもしていなかった。後になって、肺病で死んだのだと、森田からきかされた。

森田が愛用していた腕時計は、死んだ伊東君のものだったのである。もらった御本人の森田がまた肺病で死んだのだから、決して、縁起のよいものではない筈である。しかし、私は元来、からだが丈夫であるし、親友の形見と思って、そんな事は気にならなかった。

わたしは当時、先生の内田百間の家にいて、家族の一人として暮らしていた。家に帰って、不用意にも、奥さんにその時計を、自慢して見せた。

「この時計いいでしょう、奥さん」

「どうなさったんです」

「森田の形見にもらったんですよ」

「森田さんの時計ですって」

「そうです」

私は平気な顔をして答えた。

「そんな時計、捨てておしまいなさい。肺病で死んだ人のものなんか」

「捨てるなんて……、森田の形見ですもの……」

「あなたは、からだが丈夫だから何とも思わないでしょうが、もし、子供たちに、肺病でもうつったらどうします……」

「そんな事大丈夫ですよ。金でできているんですもの」

「大丈夫じゃァありません……捨てておしまいなさい」

はじめは奥さんが冗談にいっているのかと思っていたら、どうも、顔つきや言葉が本気らしいので、私はこれはあぶないと思った。

「いや、ちゃんと箱の中にしまって、出さないようにしておきます……」

私は逃げるに如《し》かずと、いそいで、二階の自分の部屋に上がってしまった。


それから三日後のことである。私が勤めから夕方帰って来ると、先生のお母さんが、夕飯に、にぎりずしと、浅蜊《あさり》のおつゆを出してくれた。それは、秋の祭りなので、その御馳走なのであった。おいしかったので、お汁を三杯ばかりお代わりした。

晩の七時になると、何となく腹が痛くなりだした。暫く我慢していると、痛さはますます激しくなり、そのうちに、寒気がして来て、歯の根がガタガタ鳴りだして、どうにもならなくなった。何度手洗いに行っても、何だか要領を得ない。私は、我慢しきれなくなって、自分の部屋にいって、寝床の中にもぐりこんだ。

しかし、依然として治らないばかりか、ますます痛みが激しくなって、腹わたがねじられるようである。それに、手足の先が冷たくなってしびれてくるような感じがする。

私はもう我慢がしきれなくなって、げんこつを固めて、畳をドンドンたたいた。それは口がきけなかったので、たたいて合図をしたのだった。

奥さんが驚いて二階に上がって来た。私は苦しくてたまらないから、お医者を呼んで来て下さい、といった。

医者が来て、診察をした結果、手や足の指先にチアノーゼを起こしている。時間が早かったからよかったが、明らかに浅蜊の中毒だといった。それからリンゲル氏液の太い注射を腿にしてから、心臓が弱っているといって、ジガーレンの注射と、もう一つ別の注射を腕にしていった。

リンゲル氏液の注射がすんだ後で、からだが、急にぐったりしてしまった。私は臆病で子供の時から医者に診てもらうのが、恐ろしかった。ふだん丈夫なので医者の厄介になることは殆どないのだが、注射なんかされると、急に気が弱くなって、重病人になったようで、死ぬのじゃないかと、心細くなってしまうのである。

二日間生死の境を彷徨《ほうこう》して、やっと恢復《かいふく》した。

「それごらんなさい。いわないことじゃありませんか、森田さんの時計なんか貰ったからですよ……」

奥さんは見舞いかたがた、私の枕もとで、そういった。私は何とも返事のしようもなく苦笑いをした。

奥さんが森田の時計にこだわっている気持ちは、私にもわかるけれど、もし私の病気がそのためだとしたら、私は死なずに済んだのだから、時計にまつわる厄は、ここでなくなったことになるわけである。

その後、私は森田の腕時計をどこへいくにも持って歩いた。ただし、奥さんには内証である。しかし、奥さんも、いつとはなしに、時計のことは忘れたのか、何ともいわなくなった。

私が内田の家を出て一家をもってからも、私は森田の時計だけは、大事にして使っていた。ところが長い年月の間に、油もささないで、そのままにしていたので、時々狂いだした。

ある晩、私は狂って動かなくなった時計を、自分でなおすつもりで、機械を分解した。分解するときは、割合た易く出来たし、元の位置に機械を嵌めこむように、一つ一つ覚えていたつもりであったが、後になって、砲塁かトーチカのように込み入った中に、とりはずした機械をおさめるのに、どうしていいかわからなくなってしまった。一晩中汗を流しながら時計と取り組んでみたが、どうにも手がつかなくなって、バラバラになった小さな機械をなくさないように、紙につつんで、そのまま机の引出しの中にしまっておいた。

それから二、三年ばかりたった後、時計の事を思い出して、本職の時計屋に修理に出した。きれいになおった時計を手にした時は、死んだ子供が生き返ったような嬉しい気持ちだった。耳に当てるとイキイキとした音でカチカチ時を刻んでいる。

しかし、一度弱ったからだは、また何かの機会に逆戻りするように、森田の時計も暫くは調子がよかったけれど、そのうちにまた狂い始めた。そうして、縦に振っても、横に振ってもチンともカンとも動かない、止まったままである。こんどは分解するのはやめた。

私は動かぬ時計を自分の机の前の柱に釘を打って、そっと懸けておいた。時計を見るためではない。毎日、森田を忘れないためであった。

私は時々机に向かって手持ち無沙汰のときなど、もしやと思って、時計をいじくってみることはあったが、やっぱり駄目なものは駄目であった。

私が学校を出てから、自分の生活をふり返ってみると、楽な時より、苦しい時の方が多いようである。いつも、貧乏に追われている。そうして、私はそうした中で、生活の浮沈をつづけながら、生きつづけているのである。

爾来《じらい》、森田の時計も、時計の用をしないまま黒くすぶって私の貧しい暮しと共に、机の前の柱に所在なく懸けられたままになっていた。

どんなことがあっても、この時計だけは無くさないように、持ち続けようと、私は心に誓っていた。

支那事変から、太平洋戦争が始まり、終戦になった。私はフトした機会から、或る専門学校のドイツ語の教師になった。ところが学校の俸給では私の月々の生活を支えていくことは困難であった。持っているものを、次々と金に代えていった。しまいには目ぼしいものが殆どなくなってしまって、こればかりは手離すまいと思っていた森田の時計も、急場の金の必要から、手離さなければならなくなってしまった。

貧故に、亡友の形見を金に代えなければならないことは、どう考えても、森田に済まないと思うと同時に、情けない気持ちにもなった。

しかし、また、森田はきっと、あの時計が、ほんの瞬間でも、私にとって、急場の役にたったことで許してくれたにちがいない、と、私は思っているのである。

あの時計は、いま、どこの誰が買いとって、持っているのか知らない。私は今でも道を歩いているとき、ときどき、古道具屋のショウ・ウィンドーを覗いてみるが、一向、森田の時計にはいきあわない。銀側でスイス製の十三型マーヴィンという時計であった。

〔増補版の「別稿」を採録した〕

学期末試験

試験は翌月の一日から、約一週間の予定で、行われることになっていた。学生たちは、毎日、大童《おおわらわ》になって、試験勉強をしていた。学校では試験前の準備休暇を与えないで、試験の前日まで、ギリギリの授業を行うことを学生に発表していた。だから、学生の方でも、勉強の都合から、いろいろと、遣り繰りをするのであった。私は、二三日、準備休みを与えてやったら、学生も助かるであろうと思ったけれども、教務課で休ませないというのだから、仕方がないと思った。

私は自分にも、学生時代の覚えがあるので、私の科目の試験範囲は、早目にきめておいた。そして、語学以外の科目は、大きな問題を一問だけ知らせておいた。これは、山をかけないで、覚えさせるというのが、私のねらいだったからである。学生たちは、この、私の寛大な処置に対して、拍手して喜んだ。

しかし、私の授業は試験の始まる二日前まであるので、私は自分の職責を忠実に果たすために、授業に行かなければならないのである。

私の勤務しているK大学は群馬の館林の郊外にある。私は朝五時頃、やっと起きて、朝飯もそこそこにして、東武線に乗って学校にいった。学校のある駅に下車すると、私の、これから始まる授業に出席すると思われる学生が、何人か、反対の方向に帰っていくのである。そして、私に顔を見られるのを避けているようにも見えるのである。

「変だなア、確かに、あの学生たちは、俺の授業に出ている学生らしいが」と、そんなことを、私は思いながら、学校へいった。

授業が始まった。私はドイツ語の本と、出欠簿を持って、教授室を出ていった。何となく、あたりが、ヒッソリ閑としている。私は元気よくドアを開けて、教室に入った。広い教室には、何と、五人しか学生がいない。私はとたんに腹がたってしまった。

「外の学生はどうしたんです」

五人の学生は険悪な空気を察してか、お互に顔を見合わせて、はっきり返事をしかねている。

「たった五人しか出席しないなんて、どういうわけなんだね」

わけは私もわかっていたけれども、そうたずねた。私は無しょうに腹が立って来た。

「さア、よくわかりませんけれど、みんな、試験の準備で……」

「君たち五人は、出席しているのだから、僕から文句をいわれる理由はないわけで、また怒る僕の方も、君たちには気の毒なのだが、相手がいないから、まア、君たちにいうようなことになってしまうのです。

大体、僕の時間を、逃避して、帰ってしまうなんて、けしからんと思います。その心事は陋劣《ろうれつ》だと思う。僕の科目は今日の授業が試験範囲に入っていないので、みんなが出席しないのだと思う。試験範囲じゃなければ出ないで、範囲に入っていれば出席するなんて、けちな打算的な根性は、僕には承服出来ない。学生らしくない行為である。僕はそんな、しみったれなやり方は、大嫌いである。

諸君がそんな気持ちで、僕に対するなら、僕にもそのつもりはある。僕も学生諸君の気持ちはわかるけれども、学校から、試験の前日まで授業をすると発表されたら、いやでもそれを守ることが、学生として立派だと思う。僕はここへ来るのに、朝飯も碌《ろく》に食べないで、飛んで来たのだ。そうして来てみれば、五十人以上の学生のうち、たった五人とは、僕に対して失礼だろう。

僕は前に宣言した試験の範囲は、ドイツ語もその外の科目も、全部取り消す。そして、今日やったところと、明日の講義までを、今期の試験の範囲とする。そして、君たち五人は外の諸君に比べて真面目であったわけであるから、その代償として、最低六十点の合格点は与えます。外の諸君には、明日、君たちから、今日の僕の言葉を伝えておいてください」

五人の学生たちは呆れたような顔をして、私のいうのをきいていたが、合格点をもらえるというのが、嬉しかったのか、にが笑いをしていた。そうして、私は、本を開くと、時間ギリギリまで、一気に、独りで一課分を読んで、訳してしまった。

「ここまでを、試験範囲とする」

そういって、私は教室を出てしまった。

翌日、学生たちは、えらいことになったと思ったらしく、私に、試験範囲を以前のものに戻してもらいたいと、嘆願した。私は頑として、彼等の不心得を糾弾して、応じなかった。そして、一種の快感を覚えるのだった。

ところが、昼飯を食って、午後の授業に出たら、学生たちが、全部出席して、大人しくしている。少し薬がききすぎたかなと思いながら授業しているうちに、『自分たちも学生時代に、こんなことも、あった』ような気がし出した。そう考えたら、もう、私の気持ちは弱くなってしまうのである。

「昨日いった試験の範囲は取消し、改めて、また、以前の範囲に戻す。諸君は一生懸命勉強せよ。今日の授業は、これで、打ち切る」

学生たちは、ざわめいた。私は後も見ないで、教室を出ていった。

II

『冥途』縁起

内田先生の『冥途』が出版されたのは、大正十一年二月十日である。今から、約三十年以上の昔になる。私は大正十年の十月二十七日に、内田家の書生として、家族の一員となったので、『冥途』の出版されたときは、先生の家に来て、まだ、半年たらずであった。

「こんど、僕の本が出るから、そしたら、君にもあげますよ」

本は書店から定価で買うことしか知らなかった私は、著者自身から、ただで本をもらうなどということは、生まれて初めての経験なので、何だか非常に嬉しく感じるとともに、名誉にも感じるのだった。

後年、私は編集出版の仕事に関係するようになって、今ではその道の玄人であるけれども、その頃は、本がどういう工合にして出来るのだか知らなかった。

先生のところへは、よく、出版元の稲門堂《とうもんどう》の若主人小柴権六氏が訪ねて来た。からだに似合わない、大きな声を出す人であった。割に小柄で、いつも、頭の髪をオールバックにして、黒縁のロイド眼鏡をかけていたのが、印象的であった。

本が出来る頃になって、奥付の印刷したのを、稲門堂からとどけて来た。枚数はどの位あったか覚えていないけれど、今から考えると、初版三千ぐらいだったのではないかと思う。

先生は私に、その奥付の検印をしてくれといった。私は検印という言葉もよく知らなかったし、どういうことをするのかも知らなかった。

「この印を、ここのまん中の上のところに、まっすぐに一枚々々押して下さい」

先生は小学生に教えるように、私に自分で見本を示しながら、教えるのだった。

「ただ押せばいいんですね、まっすぐに。そのくらいのことなら何でもありません」

先生は焼物の唐獅子のついた印材と、緑色の朱肉を、私に渡しながらいった。

「ところが押しているうちに、指が痛くなるよ。獅子のからだが、持ちにくくて……」

朱肉は赤いものと思っていた私は、緑色の肉を渡された時、めずらしい肉だと思った。それから、検印の印であるが、殆どの本を見ても、著者の名前の印であるのに、先生の渡してくれた印は、内田とも栄造とも書いてないようである。或いは号を変な風に書いてあるのかと思って、先生にたずねた。

「この印どういうように、読むのですか」

「それは『緑竹青々』と書いてあるのだが、僕は有りきたりの自分の印を使うのがいやだから、別に意味もないけれど、それを押すことにしたんだ。それは夜店で、十銭で買って来たのだよ、ハハハ」

私はおかしなことをする先生だと思った。

私は印が少しでも曲がらないように、キチンと行儀よく、まっすぐに、肉の色もはっきりと出るように、注意しながら、獅子のからだをキッく持って、一枚一枚押していった。印の位置が少し右か、左に曲がったり、肉の色が薄くなると、気になってしようがなかった。何でもないと思っていたが、印を押していくうちに、中々、骨の折れるものだと思った。そのうちに印をつくたびに中指のところに、固い獅子の凸凹したからだが当たって、指が痛い。なる程、痛くなって、持ちにくくなって来たわいと思ったが、中途でやめるわけにはいかないから、我慢して、皆押してしまった。

先生は検印の済んだ奥付を見て、御苦労、指が痛かったろうといった。

「それ程でもありません」

私はやせ我慢して答えた。

「君は校正ということはわからないだろうけれど、この奥付に一個所間違いがあるんだが、どこかわかるかい」

私は試験されるような気持ちで、奥付の字を、一字一字、たん念に見ていった。

「大正十一年の『一』の字が逆さになっているほかに、間違っていないようですが」

「そうだ、その『一』がひっくり返っているのだ」

私は試験に合格したようで、嬉しかった。

菊島と私は、二人で神楽坂を散歩した。帰りは道順として、二人は矢来を右に坂を曲がって、江戸川を通るわけである。丁度、矢来の交番を曲がった、すぐ右手のところに、小さな本屋があった。

「ちょっと、菊島君、この本屋に寄っていこうか」

二人は、何の気なしに、書店の中に入って、新刊本や雑誌などに目を通していると、

『冥途　内田百間氏著』とあるのに気がついた。

「あッ、先生の本が出ている」

二人は一冊ずつ手にとって、珍しいような、嬉しいような気持ちで、パラパラ中をめくっていった。第一、頁がついていない。変な本である。これでは何頁まで読んだのか、また、何頁を開けていいのだか、わからない。始めっから、その場所を探し探しいかなければ、一旦伏せてしまったら、探すのに困難である。目次も、筆で書いたような字が、ベタベタに詰まって並んでいるだけで、題の下に頁がついていないのである。

「君、変な本だね。それに、終わりの二三行がこんな端の方に来ていて、前の頁のところと、こんなにあいていて、いいのかね、おかしいね」

二人とも何だか妙な本だと思いながら、本屋を出た。家に帰って、二人で先生に本のことを話した。

「僕の本が本屋に出ていたって、そんな筈はないがなア。……」

「でも、いま、私たち二人で神楽坂の帰りに本屋で見てきたばかりですもの」

「それにしても、僕はまだ、自分の本をもらっていないもの」

「たしかに、中を開いて見て来たんですもの、ねえ、君」

「どこの本屋で見たのだね……」

「矢来の角のところの本屋です。それに変な風になっていました。終わりのところの二三行ぐらいの短いところがみんな端《は》じっこになっていて、まん中が白くあいていました……」

「え、そりゃ大変だ。稲門堂のやつ、僕にうそいったんだ。頁が打ってないから間違えないようにと念を押したのに、出来上がったら間違えてしまって。もう一度製本し直す、間違った本は一冊も書店に出しませんと、あれ程、僕に約束しておきながら、こっそり出すとは、けしからん。……じゃ、君たちはこれからすぐ、その本屋にいって、僕の本を、あるだけ買って来て下さい……何冊あったね」

「さア、はっきり勘定しませんでしたから、よくわかりませんが、たしか、五六冊はあったでしょう」私たちはえらいことになったと思った。

先生は憤慨して、少し青くなりながら、私たちに十円札一枚と五円札一枚を渡した。私と菊島はさっきの矢来の本屋までいった。本は全部で五冊あった。十二円五十銭払って、本五冊と釣銭二円五十銭を受けとって、家に帰ると先生の前に、本とお金を差し出した。

先生は、むっつりした顔つきで、箱から本をとり出すと、ペラペラめくっていった。私たちが話したとおりだったので、先生の憤慨はまた新たになった。

「僕の最初の本だから、変なものを本屋に出されては困るから製本違いの本は決して出さないでもらいたい、損害は自分の方で持ってもいいから、といったら、決して、そんなことはしませんと、はっきり約束しておきながら、こっそり、こんなことをしやがる。呼びつけて、とっちめてやろう」

私と菊島は、どうしていいのか、困ってしまった。そして、二人ともおとなしく、顔を見合わせていた。

「済まないけれど、これから君たち、この本をみなもって、早稲田大学の前の稲門堂へいって、先生の本が矢来の本屋に出ていたので、買って来たから、これを小柴さんにお返しします、といって、渡してきて下さい。中がどうのとかそんなことといわなくってもいいから、そして、笑い顔なんかしちゃ駄目だよ。僕がよろしくなんて、いわないようにしてくれ給えよ。それから、小柴さんに本を見たら、僕のところへ来てもらいたい、と、いって下さい。じゃお願いします」

私と菊島は目白の日本女子大学の側の坂をとおって稲門堂へいった。二人はみちみち、えらいことになったねえと、話し合った。それにしても、自分の本を自分でお金を出して買いとって、それを、これから叱ろうとする本屋にやるなどとは、ずいぶんおかしなことをするものだと、私は思った。

稲門堂は暫くしてやって来た。恐らく、先生に平身低頭したに違いないと思う。しかし帰りぎわには、先生と笑い話をしながら、二階の梯子段を下りて来たところを見ると、先生も機嫌を直すような話におちついたらしかった。

後で先生に聞いたところによると、ほんの一部分だけを、直接取引をしている小売店に撒《ま》いたのだそうである。

何日かたった日の夕方、稲門堂から、献本が届いた。こんどは間違いのない、ちゃんとしたものであった。

晩になって私が勉強していると、先生が私を呼んでいると、わざわざ奥さんがいった。私は何事かと思いながら、足音を立てないように、段々を登って二階の先生の書斎にいった。

「何か御用ですか」

「この本を君にもあげましょう」

「ハッ、有り難う御座います」

私は感激して戴いた。

「しっかり勉強なさい」

「ハッ」

自分の部屋に引き下がって、私は先生にもらった本を、手にとって、ゆっくり、楽しみながら、眺めたり、読んだりした。

目次の次の白頁のところには次のように筆で書かれてある。

内山保君に呈す

大正十一年三月　百間

此丘に宵々の疾手　春を待つ

装釘は野上豊一郎先生である。箱の上に張ってある黄色い紙の上部に、恐ろしく胴の長い狐が一匹、素人離れした筆致で、面白く書かれている。そして、同じ狐がボール紙の芯の入った布表紙のところにカラ押しにして、くっきり出ている。

中を開くと、目次が前記の通りに、ベタベタ載っていて、頁が打ってない。もちろん、本文には頁がないのだから、目次に出そうにも、出せないわけである。

これは製本屋泣かせである。今までの著者で、こんな目茶な註文をする人は、恐らく、内田さんぐらいなものである。本文の頁を基準にして、折ったり、製本したりするのであるのに、その頁がのっていなければ、間違えたり、折り違えたりするのは当然のことである。折屋や製本屋は、一々中味を読んで仕事をしていくわけではないので、そんなことをしていたら製本するのに、何カ月もかかってしまう。

どんな小説だろうと思って、大いに好奇心をもって読んでいくと、どの小説も何だか変な小説ばかりである。現実ばなれのしたような、途中で妙な工合に、変てこりんな場面に変わってしまって、何が何だかつかまえ所のない小説である。そういえば、本の題名からして普通じゃない。『冥途』だなんて、縁起がよくない。それから中の一つ一つの題が『盡頭子』だとか『疱瘡神』だとか『白子』だとか、奇妙な題ばかりである。第一『盡頭子』なんて、どう読むのかにも迷ってしまう。もちろん、何のことか、意味もわからない。

これで売れるのかなと、私は思った。

「先生、先生の本には頁がのっていませんけれど、どうしてつけないのですか。買った方で、あれじゃ不便でしょうがないんじゃないですか」

「そうだよ。僕はわざと、つけなかったんだよ。買った者たちが、僕の本を読んでいて途中でやめて、またあとで読むとき、此の前のつづきから読まないようにするためだよ。ほんとに僕の本を読んでくれるのだったら、読みかけにしても、また始めから読めばいいので、自分の本を前のつづきで、後から、そのあとを読まれるなんていやなことだねえ」

私は呆れてしまった。何という頭曲り《つむじまが》だろうと思った。いちいちいうことが変わっている。私はおかしくなって、笑い出した。

稲門堂は、馬鹿でかい木版で、『冥途』と大きな文字を入れて、新聞紙六段通しぐらいの広告をした。その他の宣伝もしたようであるが、『冥途』の動きは香ばしくなかった。

松浦嘉一先生は、内田先生に、出版記念会をしたいから、と、いったが、先生は頑として、そんなことは嫌いだといって、すすめに応じなかった。

売れ行きはよくないままに、すぎていった。稲門堂も当が外れた形であった。その翌年の初夏のころだった。若主人の小柴氏が急に病気になった。ほんの僅かの間、病床に就いただけで、死んでしまった。冥途へいったわけである。小柴氏の遺骸の周りには、同氏が手がけた出版物が飾られたそうである。先生の『冥途』も、その中の一つであったことは勿論である。

先生は小柴氏の葬式には顔を出さなかった。稲門堂一家の人々は、もちろん、先生が参列するものと思っていたらしい。私も先生は別に喧嘩もしたらしくないのに、どうしていかないのかと思っていた。

「小柴君は僕に親切だったし、親しくしていただけに、おとむらいにいくのは、嫌なんだよ」と先生はいった。どうも妙な話である。

つづいて、その年の九月一日、関東大震災があって、印刷屋にあずけてあった『冥途』の紙型は、焼かれて、灰になってしまった。稲門堂には売れ残りの『冥途』が、どうにもならず、積まれてあった。その後、先生は稲門堂から売れ残りの『冥途』を全部引きとることにした。どういう話し合いで、そうなったのか知らないけれど、とにかく、そうなったのである。

私は先生のいいつけで、その残本を柳行李の蓋を持って、稲門堂に取りにいった。蓋に本を入れては、それを肩にかついで、私は何度も、小石川高田老松町の先生の家と、稲門堂の間を往復した。目白の女子大学の坂のコンクリートのところに「ペンキ屋休ム」「ブリキ屋休ム」と書いてある字を、眺めながら、残本運びをしたのである。

先生はその本を大事にして、押し入れの中にしまっていた。そして、人が来ると、署名して、一冊、一冊やっていた。何年かのうちに、沢山あった『冥途』は、殆どなくなってしまった。

御本人の先生も、今度の戦争で戦災に遭っているから、先生の所にも初版本の『冥途』はない筈である。先生に献本してもらった人たちは、可なりあるわけであるけれど、現在も持っている人は幾人あるであろうか。

私のところには、箱はやけて古くなり、上に張ってある黄色い紙や、文字は色あせてしまっているけれども、中は昔のまま の、そのままである。

砂利場の大将

砂利場の大将などというと、誰でも土方の親方か、仕事師の親分を想像するだろうが、そんな品の悪い、親方や親分のことではないのである。いや、見方によっては、或いは一脈通じるところがないともいえない。

砂利場の大将とは、我が師内田百鬼園が、悪らつな高利貸たちの連日に渉《わた》る執拗な攻撃と襲撃とを避けるために、早稲田の近くにある戸塚ホテルに閑居しているとき、たまたま、ホテルの近所が道普請の砂利おき場になっていたことから、砂利場に親しみを感じて、かく自称するに至ったのである。

私はその頃、百鬼園氏の家の書生であり、学生であり、執事であり、有力な家族の一員であった。

本居は小石川の雑司ケ谷で、盲学校と目と鼻のところにあった。戸塚ホテルの閑居は、極く親しい、内輪の関係以外には、絶対に知らされてはいなかったし、私たち家族の者もどんな訪問客にも閑居を、知らせてはならないように命ぜられていた。

だから、高利貸であろうと、なんであろうと、凡《およ》そ、百鬼園氏を本居に訪れる者はみんな無駄足で空しくひきかえさざるを得ないのである。

私は毎日一度は本居と閑居の連絡をすることになっていた。高利貸その他の債権者の訪問のことはもちろんであるが、日々の生活費のことでどうしても、師の手をわずらわせねばならないからであった。そのほか、子供たちが急に発熱して医者にかかったり、次々に何かしら事件が起るのである。そうすると、それ等の副産物として、必ずお金の問題が生まれてくる。百鬼園夫人の命を受けて私は師の閑居を訪れ、報告した後で、錬金方を頼むのであるが、これが中々、手ぎわのいることなのである。その日の収穫が予定の額より少ないと、夫人の御機嫌が悪く、私の職務上の手腕に関するし、かといって、夫人の言葉そのままを伝えたのでは、師の百鬼園は腹を立てて、一文にもならないことになってしまうので、両者の間をうまく操作するそこの呼吸がむつかしいのである。

私は閑居と本居の往復の途々《みちみち》、淋しい気持ちになって、よく思うのだ。先生はなぜ早く原稿を書かないのか、書いて雑誌なり新聞なりに載せれば、原稿料も入り名も出るのに、人から借金ばかりして後で悪口をいわれるなんて、それに才能がないなら仕方がないけれども、ある癖に書く書くといって一向書かないで自分も困り、家族の者を苦しめている。こんな馬鹿げたことがあるか、と。少し腹がたって、私は或る日、夫人に相談した。

「奥さん、毎日先生のところへいって、お金の催促をするのもいいんですが、先生の方でも毎日じゃやりきれないし、第一こちらがもらうにしても効果が薄いでしょう。そこで私はこう考えたんですがね……」

夫人は膝をのり出すようにして、私の顔を見た。

「何か、いい考えがありますの」

「三日か四日、先生のところへいかないでいることとです」

「そんなこと駄目ですよ。いい考えなんていうから、どんないい考えかと思ったら……その間、みんな何も食べないで干乾《ひぼ》しでいるんですか……」

「いや、それは私が浜地君に事情を話して、つなぎのお金は借りて来て、あてることにしますから大丈夫だと思うんです。それで、三日も四日も私が先生のところへいかないでいると、先生は何日もお金なしにどうしたのだろうと心配するでしょう。それでもだまっていれば、先生は気がとがめて、お金を作ってくれると思うんですがね。どうでしょう。この考えは……」

「そうですね、それもいいかも知れません。せっつくよりは、いかずにおいて、少し家の事や子供のことを心配させた方が……、ほんとはこちらに余裕があって、お父さんに仕事をしてもらえれば、それが一番なんですけれどねえ……」

夫人との作戦で、私は大ぴらに三四日師との閑居連絡をサボッた。そろそろ先方から反応がある時分と思うころ、果たして、砂利場の大将百鬼園師から、鉛筆書きの速達便が私宛に来た。

『二三日君が来ないので、何かあったのではないかと心配しています。変わったことがあれば知らせてくれるのだろうが、何ともないところを見ると、僕の杞憂かもしれない。ゲルトも沢山ではないけれどもそちらに届けたいと思います。それからいい話一つ。中央公論社から原稿の依頼がありました。どちらにしても、この速達見次第すぐ僕のところに来て下さい。待っています』

「それ御覧なさい、奥さん」

私はその速達を夫人に見せた。さすがに嬉しいと見えて、読むにつれて、夫人の顔はほころびていった。

「さア、書き上げた」

百鬼園師は傍で待っている私の方を見ながら、仕事を仕終えた喜びとも、くつろぎとも感じられる様子で、呼びかけた。私もホッとした気持ちになった。

「御苦労だが、君はこれから、この原稿を持って、大日本印刷の出張校正室にいる中央公論社の高野圭六〔敬録〕という人に会って、原稿を渡して下さい。その人が編集長だから。それから、君、市ケ谷の大日本印刷知っていますか」

「ハア、知っています」

「何か僕に言づてがあるかも知れないから、それを聞いて帰って来て下さい。それからこれは電車賃、じゃ、お願いします」

私は嬉しくなって、原稿と電車賃を百鬼園師から受け取ると、まっしぐらに、大日本印刷に出かけていった。

編集長の高野圭六氏に会って原稿を渡すと高野氏は、これからすぐ組に廻せば、明日の夕方七時頃校正が出ると思うから、その頃、校正をとりに来てくれないかとのことであった。

私は帰って早速百鬼園師にそのことを報告した。まずこれで、ひと安心である。久しぶりに先生の原稿がお金になり、一流の中央公論社に作品が載るとなれば、これを機会にまた途が開けるわけで、その夜は先生と晩餐《ばんさん》を共にし、くつろいだ気持ちで、本居に引き上げたのだった。

約束どおり、翌日夜七時頃、私は再び大日本印刷に高野圭六氏を訪れて、校正刷を受けとった。その時、高野氏は、

「帰られたら内田さんにお伝え願いたいんですが、実は頁の関係で先生の原稿だけ二段組にしましたから、その点御諒承を願いたいとおっしゃって下さい。それから、校了を急いでいますから、すみませんが今夜十時頃までに見終えてここへ届けて下さいませんか、もし私が居なくても、ここの受付にそのことをいって渡しておいて下さればよろしいですから……では内田さんによろしく」

私は砂利場の戸塚ホテルにたどり着いて、百鬼園師に高野氏の伝言を復命した。先生は晴々しない、不機嫌な顔色で、私が渡した校正刷を開いた。そして、めくりながら、

「小説を二段組にするなんて、人を馬鹿にしている（その頃同誌は小説を一段組にしていた）……これは雑文のあつかいだよ……」

私には編集上のそういうエティケットはわからなかったが、二段組であることが先生の自尊心をひどく傷つけたらしいのである。しかし、私は二段組でも、一段組でも、一流の雑誌に載って、稿料が入ればいいのではないかと思った。

憤慨しながらも、あきらめたものか、先生は暫くの間、校正をしていた。私はその間、おとなしく待っていた。私は先生の機嫌が直って、よかったと思っていた。

「内山君！」

「ハア」

私ははじかれたように返事した。

「どう考えても、僕は我慢できないね。自分の我儘《わがまま》とも思ったけれど、矢張り僕の方が正しいと思うよ。……君、すまないけれどこれからすぐ、この校正を持っていって、

載せてもらわなくともよいから、原稿を返してくれと、内田がいったといって、原稿をもらって来てくれませんか、高野君が帰ってしまうと困るから……」

私はつまらないことをいい始めたと思った。先生の気持ちもわかるけれど、折角《せっかく》の好機を自分で壊すなんて、どうにかならないものかと、思って、先生の翻意をうながす為にいった。

「でも、せっかくの先生の原稿、惜しいと思います。何とか……」

「僕も惜しいと思うけれど、こうなってはどうにもならないね、それより、早くいって下さい……」

砂利場の大将がこういい出したら、誰が何といったって駄目なのだから、私も覚悟をきめて、また大日本印刷へと急いだ。

着いて見ると時間が遅くなっていたせいか、中央公論社の連中も、大日本の受付も居ない。宿直の社員に用件を話しても、はっきりしないので、そのまま戸塚ホテルに引き返した。百鬼園師は私の帰りを待ち受けていたが、無駄に引き返して来た私の手から、いささか、拍子抜けのした形で、また校正刷の封筒を受けとった。

「仕方がない！　明日にしよう。君もお腹がすいたろうから、今夜は僕のところでご飯をたべていきなさい」

こういうときは長居をしないで、早く引き上げることがよいのであるが、先生としては誰か相手がほしいときなのである。私は命ぜられるままにしたがった。

時計は十一時半少し廻っていた。

やっと解放された気持ちで、森閑としたホテルの玄関まで来たとき、私を送るために一緒に来た先生は、

「なんとかして、今日、高野から原稿をとり戻す方法はないもんかねえ……」

と、いい出した。先生は高野氏の住所をさがすつもりなのである。

「でも、今からじゃ、どうにもならんでしょう」

「中央公論に電話をかけて見ようか」

「そうですね、……でも、ビルの中じゃ、誰もいないんじゃないですか……」

「まア、一応かけて見よう」

先生は電話帳をめくって、中央公論社に電話をかけた。果して電話は通じなかった。

「どうしたら、いいかねえ」

「じゃア、岩波書店に電話をかけたらどうでしょう。ヒョッとしたら、同業者だから、

わかるか知れません……」

先生は今度は、電話帳から岩波書店の小売部の番号を探して、かけた。電話は中々かからなかったけれど、しばらくして通じた。しかし、矢っぱり高野氏の住所はわからなかった。

なぞが解けそうで解けないような、いらいらした気持ちである。

「そうだ、警視庁にきいて見よう」

私はえらいことになったと思った。どうせわからないだろうけれど、何か私も愉快に感じるのだった。

「一寸《ちょっと》お伺いしますが、警視庁ですか、夜分に恐縮ですが、中央公論社の編集長の高野圭六という人の住所が知りたいのですが、もしそちらでおわかりでしたらお教え願いたいのですが……、私は雑誌に原稿を書いた者ですが、今夜どうしても高野さんに会う用件が出来ましたものですから……」

私は傍に立って聞いていたが、話の様子ではどうやらわかりそうである。

「君、わかりそうだよ、……小石川、籠町、ハア、七番地、どうも有り難うございました」

「とうとうわかった。……敵は案外近いところにいるんだなあ、籠町なら遠くない。これからすぐ一緒に高野の家へいきましょう。僕が用意するまで待っていて下さい」

人足の途絶えた夜半、百鬼園師と私は円タクを拾って、一路深夜の道を小石川籠町の高野圭六氏の宅へ急いだ。籠町の交番で聞くとすぐわかった。車をとめると、

「すぐ帰って来るから、君は車の中で僕が来るまで待っていて下さい」

言いすてて、百鬼園師は露路の中に消えた。

十分とたたないうちに、先生は出て来た。

「さア、帰ろう」

といって、車に乗り込むと、だまって一服つけた。

「とり返してこられたのですか」

「うん、一段組に改めるから勘弁してくれと謝ったけれど、そんなにまでして、文士の仲間入りさせてもらわなくともよいから、原稿を返してくれといったら、返したよ。ハハハハ」

私はなんだか嬉しくなって、目頭が熱くなるのだった。その小説の題は『大尉殺し』というのであった。

二本のパイプ

「内山君、僕は、この原稿を、佐藤春夫のところへ、もっていってみようと思うんだけれど、君はどう思うかね……」

「それはいいと思います……」

私は先生の、この思いつきに賛成の意を表した。

「僕はいままでに、佐藤春夫とは会っていないし、個人的にも知っているわけではないけれど、芥川が生きていたころ、僕の『冥途』を佐藤春夫がほめていたということをきいたこともあるし、一度、紹介しようといってくれたこともあったが、そのままになっているので、向こうでも僕を知っているわけではない。けれども、この原稿を佐藤春夫のところへもっていって、どこかに推薦してもらいたいと頼んだら、恐らく断わりはしないだろうと思うんだが。……どうだろう」

「そりゃ先生、おいでになった方がいいと思いますね。……」

「じゃ、いってみるとしようか、……君もいっしょにいきましょう」

人に屈したり、頭を下げることの嫌いな、否、出来ない先生が、自分に何のかかりのない人に、ものを頼みにいくなどとは、決して考えられないことであった。そして、こういう気持ちにまでなったことは、先生としてはよくよくのことだったに違いない。

どこからも、きまった収入がなく、日々の生活費をやりくりすることは、ひと通りの苦労ではない。目ぼしい物を殆ど処分した後では、金目のものは残っている筈がないのである。その上、借りられるところからは、いままでに、借りつくしてしまっているので、今さら、どこへいっても、いい顔をしてくれるところはないのである。

それでも食べないでいるわけにはいかないので、先生と私は、有りったけの智恵をしぼって相談し合うのであった。錬金術にかけては天下第一等のわが師、百鬼園先生も、流石に、どうにもならない時があったのである。

その頃、先生は『砂利場の大将』と自称して、高利貸どもの攻撃を避けるために、早稲田の奥の戸塚ホテルに閑居していた。私は私で先生の砂利場の閑居と本居との連絡をつとめていたので、家事一切は私を通じて、行われていた。

雑事に頭をつかっても、結果は余り香ばしくないし、それに、碌《ろく》でもないことに心を労して、先生がおちつかないで、鬱々としていることは、堪えられないことであった。

我がままで、気が向かなければ、人のいうことなんか聞く人ではなく、晩酌のお酒がきれると、しょ気こんで、元気がない。だから、仕事をするにしても、いくらはたでわいわいっても、自分で気が乗らないと中々始めないし、いよいよ始めるつもりになっても、先《ま》ずお酒を呑んで気分を出さないと、駄目なのである。まことに手数のかかる先生だが、仕事をしてもらおうと思えば、そうするより仕方がないのである。

それでも、現実に差し迫る日々の生活には、先生も考えたらしく、約一週間ばかり、耐乏と忍耐の日がつづいた。人気のない二階の八畳間（その頃、二部屋借りていた）に閉じこもり、仕事を始めたのである。その間、私も先生の邪魔をしない意味で、お金の相談にはいかないことにしていた。

遅筆の先生が、六十枚の小説を書きあげたのである。書き上げた後で、先生は、自分できちんと原稿用紙を半分ずつにたたんで、それを紙の紐で綴じた。

これでどうにか、まとまった原稿料が入れば、家中が一息つけると思うと、気持ちも明るくなるのだった。先生も自信のある作品だったと見えて私にも読んでみろ、といった。もちろん、私には先生の小説の批判なんか大それたことは出来やしない。読んだ後で、

「なかなか、面白いですね」と、月並みの返答より出来なかった。

「どうです。まるで、ロシヤの作家の書いた、小説みたいでしょう……」

「ハア、そう伺えば、そんな風に感じられます……」

先生は、その小説の原稿を、大事に袱紗《ふくさ》につつんで、森田草平先生のところへ、もっていった。草平先生はそれを、『改造』に載せてもらうように、頼まれた。

しかし、幾日たっても、改造社からは何の音沙汰もなかった。大丈夫だろうと当てにして待っているのに、どうなったか返事がないほど、心細いことはないものである。

「半月以上も、なんともいってこないところをみると、駄目なのかな……駄目なら駄目だといってよこせばいい。そんなに待っているわけにはいかないから、君、僕の代わりに改造社にいって、どうなっているか聞いて来て下さい。もしいけなければ、原稿をもらって来て下さい。……」

私は芝御成門のそばにあった改造社に、学校の授業が終わった後で出かけていった。そして、編集の人に会って来意を告げると、

「ちょっとお待ち下さい」

といって、一たん奥へひっこんでいったが、少しすると、ハトロンの袋を持って出て来た。こりゃ駄目だと、私は直感した。

「折角、森田さんからのお話ですが、うちの社には、この原稿はちょっと向かないので……、実はもっと早くお返しするつもりでいたのですが……、どうか、そういうわけですから、内田さんによろしく、おっしゃって下さい……」

これで希望が砕けたわけである。どうも運が悪いなア、と思いながら淋しい気持で、御成街道を、もと来た電車路の方へ、とぼとぼ引き返すのであった。

後で、内田先生が草平先生にそのことを話したら、

「あの小説をとらないなんて、改造社の奴けしからん、第一、僕に対しても失敬だよ。ようし、今度いって、僕が談判してやる……」

いくら草平先生が力んでみても、どうにもならなかった。草平先生が談判されたかどうかは知らなかったけれど。

折角の傑作も売れ口がなく、長い間、先生の机の上に置かれてあった。先生も腰くだけがしたのか、その後は原稿を書こうともしなかった。しかし、日々の生活の方は休みなく私たちを追いまわす。先生と私は相変わらずお金を作ることに、智恵をしぼらねばならなかった。

十二月にもなるのに二人とも外套も着ていなかった。私は学生で、書生であったから、まだいいとしても、先生は山高シャッポに、詰襟の黒サージの服を着て靴下をはかずに、紺足袋に靴をはいて、白い安手の軍手をはめているのである。それも山高シャッポの寸が小さくて、先生の大きな頭の上に乗っかっているだけである。大きなからだで、しかもあのギョロッとした、大きな目玉で見られたら、ぞっとする。何とも異様な恰好である。どう考えても正気ではない。

普通に道を歩いているときは、まだ、よいのであるが、一緒に電車に乗ったときは、まわり近所の人が、ジロジロ見るので、私は極《きま》りが悪いのである。降りるまでは、見られ放題なのだから、工合が悪いこと、この上ない。しかし、先生は、一向に平気らしいのである。衆人環視の中で、気にもとめない先生の度胸に、私は感心してしまった。

ここで話は最初にもどるのである。

先生と私は十二月の初め、寒さのしみる或る夜、小石川関口台町の、佐藤春夫先生のお宅を訪れた。初対面の人には、紹介がなければ会われない佐藤先生も、内田先生の作品を通して知っておられたせいか、快く会って下さることになった。

私は何だか、気持ちが固くなってしまった。先生と一緒だからいいようなものの、こういう偉い先生のところへ面と向うことは、気づまりである。

奥の応接室に通されると、誰か来客がある。佐藤先生はガウンをまとって、椅子に腰をかけておられた。

私はこれはまずいと思った。お客さんが来ていたんでは、原稿の話はちょっと、工合が悪いのではないかと考えた。

先生が佐藤先生に初対面の挨拶をされた後で、私も佐藤先生に紹介された。その後で佐藤先生は内田先生を、そばのお客さんに紹介された。

「こちらは、谷崎潤一郎君。こちらは内田百閒氏。……」

はは、この人が谷崎さんか、と、私は腹の中で、思った。そして、黙って、私も頭を下げた。

細っそりした佐藤先生にくらべて、谷崎さんはでっぷりしたからだに、和服姿で、顔の色も艶々として、悠然として腰をおろしていた。その和服が、そこら辺のものと違って、恐ろしく手のこんだものらしいのである。こういう人たちは、原稿料がどんどん入って、楽な暮らしをしているのだろうが、何とうらやましいことだろうと、私は思った。

谷崎さんは、懐《ふところ》から、絽刺《ろざし》か何かの凝った煙草入れを出して、金か真鍮の鉈豆《なたまめ》烟管《ぎせる》にきざみを詰めて、スパスパ、煙草を吸い出した。そして、

「内田さん、ずっと前にあなたに会った時より、ふとられましたねえ……」

「ハア、築地活版の校正室で、お会いしたことがありました」

そんな話の後で、先生は佐藤先生に用件を話した。そして袱紗の中から原稿を取り出して、佐藤先生の前においた。

佐藤先生は「ちょっと失礼」といって、鼻眼鏡をかけると、その原稿を読み始めたが、途中まで読んでから、

「承知しました。後で読んでから、どこか適当なところへ、推薦の手紙を書いておき

ましょう。明日取りに来られれば、いいと思います……」

どうなることかと思っていたら佐藤先生が引きうけて下さったので、まず安心である。先生と私は目白の新坂を江戸川橋の方に下っていった。途々《みちみち》、私は先生にいった。

「佐藤さんて、親切ですね」

「うん、顔に似合わない親切だね」

「谷崎さんて、馬鹿に偉い感じのする人ですねぇ」

「谷崎は今の日本の文壇では、ゲーテみたいなものだからね……」

翌日、私は大ぴらに佐藤先生のお宅へ伺って、先生の紹介状の入った封筒と、内田先生の原稿をいただいた。紹介状の方は中央公論の編集長宛であったが、封がしてなかった。中央公論とは妙なめぐり合わせである。

その紹介状の推薦の辞については、いま、そのまま正確には思い出せないが、それは次のような意味だったと記憶する。

『友人芥川君を通じて、内田百間氏を知っており、作品もこれまでに読んで、同氏のものが世間からその価値をもっと認められてよいものと、むしろ、友人として、その遅きを残念にさえ思っておる次第。この作品は貴誌に載せられるも、恥しくないものと存じ、責任をもって、推薦致すものに候』

大体このような意味で、巻紙に毛筆で書かれてあった。

中央公論の方は、中央公論としても、段々年末は近くなるし、どうしても、暮れと正月の費用に、まとまったお金を作る工夫をしなければならなかった。

内田夫人は先生に内証で、浜松の奥さんのお兄さんの所へ、事情を訴えて、助けを求める手紙を書いてくれと、私に頼むのだった。私はこまごまと窮状を訴えた手紙を、私の名前で奥さんのお兄さんのところに出した。

中央公論社からは何日しても返事が来なかった。また駄目なのかしらと思っていると、暮れもおし詰まった二十九日に、やっと返事が来た。承諾の通知である。

戸塚ホテルの先生の部屋で、先生と私は朗かな気分で、この通知を読んだ。しかし、それは二月号に載せるというのである。じゃ、やっぱり、原稿料は今年の間に合わないではないか、どうも、うまくいかない。

しかし、そうあきらめるのは普通の人のことであって、その点にかけては、百戦錬磨のわが先生のことである。

「のせるときまったら、明日、中央公論にいって、なんとか原稿料をもらってこよう。君も一緒にいきましょう。うっかりすると、今年のうちにもらい損なってしまうと大変だから」

先生の蟇口《がまぐち》の中には、全財産、三円何がししか入っていない。東京駅から丸ビルへ、二人は軽い足どりで歩いていった。年末のことで、丸ビルの玄関の前に救世軍の慈善鍋がつくられていた。救世軍の服を着た若い人たちが、メガホンで、通りすがりの人々に、呼びかけていた。

先生と私は五階の中央公論社に入っていった。

「僕が交渉してくるから、君はここで待っていて下さい」

先生は受付を通じて、奥へ入った。私は待っている間、何となく、不安な気持ちになった。載ることがきまって、すぐ、稿料をくれといったら、お金はもちろん原稿まで断られてしまいはしないかと思った。

そのうちに、先生は奥から、私の待っているところに出て来た。

「受けとってきたよ。さア、帰りましょう」

私もホッとした。もう大丈夫である。

「よかったですね。一体どのくらい、くれたんでしょう」

「はじめてだから、差し上げられないんですが、佐藤さんからのお手紙もあるので、普通よりよくして、一枚四円にしておきましたといいやがったよ。だから、二百四十円もらって来たよ」

ギリギリのところで、大金が入った。なんと幸福なことだろうと、私は思った。それにしても、佐藤先生の存在は大したものだと、感心した。急に金持ちになったような気がして甚だ愉快である。

外へ出ると、先程の慈善鍋が暮れの風に吹かれながら、人々の喜捨を待ちわびている。先生はポケットから蟇口をとり出すと、私の顔をみながら、

「みんな入れちゃえ！」

と、いいながら、逆さにして、ガチャガチャ鍋の中に、お金を入れてしまうと、ハッハッハッと笑い出した。

みんな入れても大丈夫である。先生の上衣のポケットには、原稿料がそのまま入っ

ているのだから。

「君、御馳走を食べましょう。東京駅の食堂は、あすこは、割りあい、うまいんだよ」

私はカツレツに御飯を注文した。先生はカツレツに御飯の代りにトーストと、お酒を頼んだ。食事の最中、先生は広い食堂の中を見まわしている。

『ブルフロッグ　フライ　九十銭』

「僕はあれを食べてみるよ」

先生は一人前、追加注文した。持って来たのをみると、大きな食用蛙の太ももから下をフライにしたのである。ピンと突っ張った脚の先が、長く伸びていた。真白な、柔かそうな肉の揚げたのは、見るからに、うまそうである。

先生は独りで蛙のフライを、うまそうに食べていたが、とちゅうで、

「さすがにちょっと、気味が悪くなったよ。君、食べませんか」

「ハア、いただきましょう」

私は先生の食べのこしの、蛙のフライを、きれいに骨まで食べてしまった。

食堂を出て、電車に乗る前、構内の売店で、一円の象牙のパイプを二本買った。

「一本ずつ今日の記念に」

といって、その一本を私にくれたのだった。

先生の小説の題は『山高帽子（シャッポ）』であった。

退職金

先生は陸軍砲工学校を辞めることになった。永年住みなれた、陸軍教授の職から別れることは、先生として、心残りでもあり、一抹の淋しさがあったことであろう。そして、家の人たちも、残念であったし、惜しいことであったにちがいない。特に奥さんとしては、今までの収入から、それだけなくなることになるので、経済的な面からいっても、先生が砲工学校を辞めることは、家庭生活に甚大な影響をもたらすことになるのである。

私は、そういうことも、もちろん、残念で、惜しいと思うのであるが、それ以上に、先生のために、憤りを感じたのである。

先生が職務の上で落ち度があった、というのなら、話は別であるけれども、高利貸から借金したことが、陸軍教授の体面上困るという馬鹿々々しい理由で、永年勤め上げた職を去らなければならないとは、どう考えても、納得しかねることであった。『なんて、窮屈な、わからず屋』と、私は自分なりに憤りを禁じ得なかった。しかし、いったん、そうきまった以上、どうにもならないことであった。現在でも先生の経済が苦しいのに、この上、大きな収入が一つ減ることは、ますます、家が苦しくなることで、不安な、暗い気持ちにおそわれるのだった。

先生はお金が足りなくなると、高利貸から借金をした。そういうたちの悪い相手から、しかも、一人や二人ではなく、四五人から借りるようなことになってしまった。陸軍教授という肩書と職業が、商売人の金貸しから借金をするのには借り易く、また、高利貸にすれば、まことに、取立てに都合のよい相手なのである。

凡《およ》そ、高利貸を業とする者にとって、一番よいお客は、官吏、軍人、それに類する職を持っている者か、主人に内証で金を借りる婦人なのである。こうした相手は、彼等高利貸にとっては、最上の鴨であり、取立てを行う場合にもちゃんと急所をつかんでいるから、赤子の手をねじるよりも、易しいものなのである。

先生は陸軍教授という、都合のよい立場が、結果として、先生を苦境におとし入れることになったわけである。

高利貸どもは、もう普通の手段では先生から貸金の取り立ては見込みがないと見てとると、数人が連絡しあって先生の勤務先である陸軍砲工学校におしかけていった。そして、校長に会って、先生に貸金があることを話し、最後の手段として、俸給の差押えをすることを告げたのである。

俸給の差押えは、債権者である本人が借金を返済しない場合、債務者の勤めている職場から、本人の受けとる月給を本人に渡さず、債権者が法律の手続きを踏んで、取り立てを行うのである。転賦命令である。これは債権者としては、貸し金の額に達するまで、取り上げることが出来るので、都合がよい方法である。しかし、借りた方の側にとっては、まことに都合が悪く、職場にも工合が悪い話である。済むまでは、何ヵ月でも、自分の月給がもらえないのであるから、なさけないわけである。

これが、私の会社とか、不安定な職場なら、転賦命令の効果も、それ程の価値を発揮することは出来ないであろうけれど、先生のように、はっきりした陸軍などでは、ごま化しようがないのである。陸軍中将何某の校長にして見れば、まことに、にがにがしい話であったにちがいない。そして、この場合、学校は第三債務者として、先生に代わって債務返済の義務を履行しなければならないのである。神聖な皇国陸軍の学校が、高利貸如き下劣な人間どもに、そういう訴えの対象とされることは、不名誉も甚しく、汚らわしいことであったにちがいない。

そんなわけで、校長は、内田先生に辞職を勧告したわけである。そこで、表向きは依願退職ということになった。

ところが、この前の校長は、同様に高利貸が学校にいって、先生の借金のことを話したら、校長は受けつけなかった。

「教官の借金は個人的な問題であって、職務上には何の関係もない、大いに高利貸を相手に闘え」

「ハア」

むしろ、先生に対して、高利貸征伐を激励したくらいであった。高利貸も張り合い抜けのした形であった。だから、先生はすっかり喜んで、職場を去るどころではなく、悠々としていたのであるが、こんどはそうはいかなかった。

その間、副官なども、心配して、大分骨を折ってくれたが、どうにもならなかった。

先生は辞めることが内定してからは、砲工学校へは出勤しなかった。

ある日、学校から、辞令を渡すから学校へとりにくるようにと、通知があった。もちろん、先生はとりにいかない、そして、私に代りいってくれと、いった。私は牛込若松町の砲工学校へいった。

副官に来意を告げると、ちょっと待ってくれといって、奥へ引っこんでいったが、何か免状のようなものを持って出てきた。そして、私の前に立つと、それを両手に持って、真面目な顔つきで渡した。私は、その免状を、うやうやしく両手で受けとった。

『内田栄造　任従五位』と書いてある。

「これは、華族さんの位ですよ。特別のおとり計らいです」

「ハア」

私は何とも淋しい気持ちで、家に帰った。

以上の理由で、高利貸どもは先生の俸給差押えは、不成功に終わってしまったわけである。差押えを実行する前に先生の辞職がきまったからである。つづいて高利貸がねらったのは、先生の退職金であった。これが、彼等の唯一の獲物なのである。それだけに、こちらとしても、最後のものを、彼等の手にむざむざ渡したくないのである。それ

先生に対して規則づくめな、人間味を離れた処置をとった学校も、その点について

は、気がとがめたものか、思いやりのある態度と処置をとってくれた。副官が二度ばかり、家に訪ねて来てくれた。

退職金の受取人が先生の名前であれば、それは当然、高利貸に渡ってしまう。では、奥さんの名前にしようかという話も出たがそれも、まずい。いろいろ考えた末、先生は、私たちよりも二年先輩で、矢張り先生の教え子で、法政大学の先生をしている、多田基氏を受取人に指定した。そして、これは高利貸には極く内証で、渡す日にちも、公けに示されずに渡されてしまった。

退職金三千円が手に入ると、先生は、その金を銀行に預金してしまって、知らん顔をしていた。高利貸どもは、感でわかるらしく、大体の日を見当つけてやって来る。

「もう、そろそろ退職金がおりる時分と思うが、まだですか。内田さんは永いこと勤めておられたんだから、三千円程度は入る筈です。そいつは是非、今度こそ、どこへもやらんで何とかしてもらわんと……」

虫のいい皮算用を立てている。先生は砂利場にいるし、何をいおうと私は平気である。

「さア、いつ受けとるんだか、私にはさっぱりわかりません。三千円だか二千円だか、そんなこと、私なんかに、わかる筈がないじゃありませんか。奥さん？　奥さんだって同じことですよ。くわしいこと、何んにもきかされていませんもの……」

彼等はしつこくやって来るが、いつも、この手で、しらばくれた返事をする。事実彼等としても、つかみ様もなく、どうにもならなかった。

しかし、この退職金を当てにしていたのは、高利貸だけではなかった。家族の人たちであった。奥さんは、その大部分を子供たちのことや、家の費用にと予定をしていた。もちろん、私もそのことを望んでいた。

最初、先生は私を通じて、奥さんにその金の中から、極く僅か渡した。

「いっぺんにたくさん使うわけではないだろうから次々に、いる分ずつ上げます」といって、かためて渡してくれない。

私が先生の閑居砂利場を訪れる度に、先生は御馳走をしてくれた。そして、外へ連れていって、おいしいものを食べさせてくれたり、ソフト帽を買ってくれたりした。

御自身は『従五位　内田栄造』という名刺をこしらえて、新調のトンビを着物の上から着て、得意になっていた。

「従五位は華族の長男がもらうんだよ。僕は従五位だから、警察でも、何かあっても、すぐに僕を逮捕することは出来ない。逮捕する場合は一応、宮内省に伺いを立てて承認を得た上でなければ、勝手に出来ないんだよ。汝等平民とは身分がちがうんだから……」

夜おそくなって、交番の前など通っているとき、お巡りさんに誰何《すいか》されると、先生はわざと、従五位内田栄造の名刺を出して見せた。

高利貸どもには、一文も渡さなかった。そうして、先生はいい気持ちになって、のびのびと暮らしていた。引き出したお金がなくなると、すぐまた、銀行へいって出してきては使ってしまう。

何カ月間かは、お金に困らない生活がつづいた。

まだ相当残っていると、想像していた奥さんは、ある日、先生から「あのお金は、もう一文もない」と聞かされたときは、呆れ返って、ものも言えなかった。そして、すっかり怒ってしまった。

高利貸どもも、先生の無茶に驚いてしまった。そして、うっちゃりを喰った腹いせに、家の方を強制執行するといって、カンカンになって怒ってしまった。

御馳走を食べたり、品物を買ったとしても、高の知れた金額だろうと思うけれども、しかし、退職金三千円の大部分は、どう使われてしまったのか、私にもよくわからない。

ザマア見ろ、というわけで、未練もなく、最後の虎の子を、誰にも渡さず、自分で使い果たしてしまったに違いない。

三千円がなくなると、またもとの木阿弥で、その日から、しばらく忘れていた生活費の工面に追われるのであった。

軸

「こんど来る時、先生の軸を持って来てくれ給え。北上や柴田に取られないうちにね」

「はあ、持って来ます」

私は外面平静をよそおいながらも、内心は少なからざる動揺を感じながら、こう答えたのだった。

私は学生時代を、ドイツ語の先生である藤田先生の家で過ごした。最初はただの、先生と学生との関係であったのであるが、私が少しドイツ語を勉強したことから、ドイツ語劇に出ないかと先生に言われて、自分も選ばれたことに誇りを感じて劇に出ることになったのである。ところがその練習中に、私の父が事業に失敗して、学費が続かなくなって、私は劇どころの騒ぎでなく、苦学しなければならなくなってしまったのである。

こうした家庭の事情から、私は劇の仲間から外れて、アルバイトをしながら、学業を続けていたのであった。

ある日、昼の休み時間に藤田先生から呼ばれて、教授室に行くと、先生は私の事について、いろいろ質問された。

「君は、僕の見たところ、そんなに丈夫そうでもないようだし、それに苦学をすることも、若い者にとってはよいことだとは思うけれど、体をこわしては何にもならない。……どうだね、僕のところに来て勉強しては」

「はァ」と、答えたなり、私は後の言葉が急にでなかった。私の気持ちは複雑だった。恥ずかしい気持ちと、先生の親切な言葉に対する感謝と、また、その反面、たとい先生の言葉にしろ、他人の世話になることは、自分として潔しとしない気持ちとで、どう返事をしたものかと迷っていた。

「僕のところに君が来たからといって、僕は別に君に恩を売る気持ちはないし、君もそれに対して負担に思うこともいらないと思うがね……」

それでもまだ、私ははっきり返答が出来なくて、もじもじしていた。

「もっとも、いまここで直ぐ返事をしなくてもいいから、君もよく考えておいてください」

「はァ。私も独りで決められませんし、兄姉弟ともよく相談して、御返事いたします。いろいろ御心配いただいて有難うございました。……」

私たち兄弟は両親のところからはなれて、東京で素人下宿に間借りをして学校に行っていたのである。下宿に帰って、兄や姉や弟と相談した結果、私は藤田先生のところに厄介になることになったのである。

藤田先生と私との関係はこうした、いきさつからで、私は先生のところの書生に住み込むことになったのであった。

ところが、三年ばかりするうちに、段々わかったのであるが、先生は高利貸から借金しては生活の穴うめをしていたのである。最初は奥さんにも内証で、そうしたやり繰りをしていたのが、しまいには手におえなくなって、奥さんはもちろん、私までも知るようになってしまった。悪らつな高利貸は借金の何十倍も先生からしぼりとった上、当時陸軍教授でもあった先生の学校の俸給まで差押えをしたのである。

「陸軍教授として高利貸から借金することは体面上面白くない」との理由で、先生は陸軍教授を辞めなければならなくなった。そのうちに、高利貸は鉾先《ほこさき》を転じて、私たちのT大学の先生の俸給を差押えて来た。どうせ私立大学のことだから、高利貸如きが何と言ってこようと、心配することはないと、学長も科長も陸軍のようなことは言わなかった。ただ教授では月給なので手続き上具合が悪いから、講師ということにして、時間給で、その都度学校が金を払っているということにすれば差し支えないだろうということになった。そして、学校は先生を講師にしてしまった。しかし、これは単なる表面上の名目なので、藤田先生もこの処置には納得したのである。

ところが、実際は、最初思った程、高利貸如き相手にせず、というわけにはいかなかった。それに相手が一人だけでなく、後続部隊が二人も三人もいて、一人が終わると間髪を入れず後から浮かび上がるように差押えが出来るようになっているのである。学校としては初めてのことであり、時間給だといっても今までとちっとも変わらないのであるらしいのだが、会計がぶつぶつ言い出したり、しまいには「どうもまずい」ということになってとうとう藤田先生は私たちのT大学も辞めてしまうことになってしまった。しかし、学校からは、先生の今までの功労に対して、半年間だけ毎月俸給は出すというのが、条件であった。

そんな問題があった一方、家庭内では、ひょっとした事から、先生と奥さんとの間がこじれて先生はある夏、家を出てしまった。

「内山君、こんど僕は河辺君の近くに新しく出来たホテルに行くことにした。河辺君がさがしてくれたんだが、非常に安いんだ。君も知っているように、僕はいまいろいろのトラブルがある。それに家にいると北上や柴田なんかが襲撃して来たりして落ち着かない。これからすこし、仕事もしたいと思っているのだが……君も迷惑だろうが留守を頼みますよ。別に永く帰らないというわけではなく、少しの間だと思うから、それから子供たちには、お父さんは仕事をしなければならないので、しばらくの間留守にすると言ってくれたまえ。そして僕の行くところは知らさないでくれたまえ」

私は余り突然な話だったので、返事に困ってしまった。先生の性分として、この問題を奥さんと相談できめたのではなく、一方的であることは、私にもわかっていたし、奥さんもこれに対して特別に抗議をしたわけではなかったけれど、こういう場合、弟子たる者、どこまでも引きとめるべきなのであろうが、私には、それがどうしても出来なかった。それに、先生は自分がしたいと心にきめたことは、誰が言っても聞かない性分なので、それをよく知っている私は、自分の性格からしても、先生に向かって積極的なことは言えなかった。それで、先生の言った通りに従うほかなかった。「しばらくの間」と先生は言ったが、家を訪ねることはあっても、結局、そのまま家には戻らなかったのである。

私は変な具合に、先生の家の留守居役にさせられてしまったわけである。先生は戸塚の安ホテルの四畳半の一室におさまり、独りで暮らすことになった。先生は後になって、これについて、こう弁明している、自分が家を出たのは、子供たちや家の事を考えて、あれ以上、フラウとの面倒を避けるつもりであったのだ、と。

先生が別居してから、私の仕事は非常にふえてしまった。留守居役というだけでなく、先生のお母さんや、奥さんや子供たちと先生との間の連絡掛りをしなければならなくなったことである。これは思い出したように、たまに行けばよいというのでなく、殆ど毎日家と先生との間を往復しなければならなかった。場合によっては、一日に二度ぐらいは、行ったり来たりしなければならないのである。

殊に気むずかしい先生と奥さんの意見が違うのだから、その間を、万事ことなく運ぶのには、人知れぬ気苦労と、技巧が必要なのである。先生の言った通りを奥さんにそのまま伝えると奥さんは腹をたて、それをおさめるのが面倒であるし、奥さんの伝言をまた、そのまま先生に伝えれば、先生がかんしゃくを起こす恐れがある。だから私は両方にそれぞれの伝言を、両方の感情を刺激しないように、面倒なところは、ぼかして話すより仕方がなかった。

特に、そうした際に、先生を怒らせると、奥さんに届ける生活費を削減される恐れがあるのである。それは、いろいろの意味で被害が大きいことになるのであった。

先生が家にいた時も既に、経済的には跛行状態をつづけていた。そもそも、先生が別居生活をするに至った、大きな原因の一つはやはり経済的にゆきづまった点にもあったのであるから、先生が家を出られても、家の状態はちっともよくならなかった。むしろ、早急を要する場合などは、私以外には連絡機関がないのだから、すぐというわけにはいかなかった。ということは、先生の側にすれば、そんな面倒な話は、時間的に言っても、なるべく遅く耳にしたほうが助かることになるわけである。

たとい、それが早く先生に伝えられたとしても、たいていの場合、先生がすぐおみこしをあげて行動を開始するわけではなく、私がその使いに歩き廻るのである。先生はその間私が報告をもって帰って来るまで、待っているのである。

先生自ら行くにしても、そうした場合の金策の目標は、前もって私にはわかっているので、いつもお伴をおおせつけられるのである。だから経済状態は依然として苦しかった。

しかし、別居した初めの一、二ヵ月は、先生も緊張していたと見えて、奥さんに届けるものも出来るだけ多くというようにしていたが、永つづきはしなかった。月日のたつ内には足並みが乱れてしまって、今までと、ちっとも変わらないことになってしまった。

「これから食べる晩御飯のお米がなくて、……」と、奥さんに相談されて、先生のところへ行く時間的余裕がなく、安く値切られることを承知で、近くの古本屋に蔵書を売りに行って間に合わせることがあるかと思えば、先生の名案で長年学校に出入りしている、すし屋にT大学の藤田だからと言って電話をかけて、人数前よりよけいにすしを注文する。すし屋は先生の名前をよく知っているし、学校を辞めている事なんか知らないから、別になんとも思わないで家に届けてくれる。お金はすぐ払わなくともいいから、安心である。子供たちは、家は困っていることは感じていても、そんなやり繰りして届けられたすしだとは知らないから、大よろこびで食べるのである。

そんなわけであるから、家賃も満足に払えない。具合の悪いことに、大家が隣と来ているので一と月の中に何度も催促に来る。いつでも約束した日に届けられないのであるけれども、こちらに、はっきりしたお金の入る予定がなくとも、漫然とのばすわけにはゆかない。矢張り何日と日を切らなければ先方で承知しない。そのうちに、大家の方でも主人がいるのといないのとは雰囲気でわかって来るらしい。

「御主人は、家においでにならないのですか」

と、質問する。

「ちょっと、国の方に用事が出来て暫く留守になっています」

「ああ、そうですか……」

とは言っても、何となく割り切れない様子をする。最初のうちは、その程度ですませられるが、永くなると、それではすまなくなってしまう。

「家では子供がうるさくて、仕事が出来ないと言って、いま外の静かなところで、ある出版社から頼まれた少し大きな仕事をしています。すめば、もちろん帰って来ます

……」

こんな場合に、下手にどぎまぎして、相手に不安な気持ちを抱かせることは、こちらにとって不利であるから、お金の方は遅れているが、入る当てがあるというふくみ

を持たせた言い方をしなければならない。

家主との問題は片づいたわけではなくとも、一時の気休め程度に、慰留したと思うと、その後から、子供たちの学校の月謝の督促が来る。長男が中学校、長女が高等女学校、次女が小学校にそれぞれ行っているのであるが、一年近くも滞納になっている。学校から呼び出し状が来る度に、奥さんから代わりに行ってもらいたいと頼まれる。

「民子と美代子の学校から、今日月謝のことで催促状が来たんですが、明日都合して行ってくださらんか。お願いします。私が行くよりあなたに行っていただいた方が、同じことでも角が立たなくていいと思います。それに、あなたは会った感じがとてもよく、おだやかに話されて、人当りがいいから、そう喧《やかま》しいことは、言わないと思います。私が行くとなると、なんぼなんでも、女の子の学校に、あんまり変な恰好もして行けやしませんでしょう。着物から心配するんじゃ、どうにも、なりませんから……、御苦労でも行ってくださらんか……」

こんなに頼まれて、いやですとは言えない。

「だいじょうぶです。私が何とか話して来ます。それにしても、大体、いつごろって言いましょうか」

「今月いっぱい、ということにして、まだそれまでには半月ばかり間がありますから、明日のうちに、藤田のところに行ってもらって、それまでに、何とか都合してもらおうじゃありませんか。……外のこととちがって、子供の学校の月謝ぐらい、お父さんがしてやらんてこと、ありませんよ。ほんとに可哀相に。……」

「じゃ、今月いっぱい待ってもらうように、話して来ます」

「二人とも、ほんとに成績はいいのに……民子なんか、組で何にでも代表に選ばれてるらしいですのに、自分でも月謝が溜まっているので、ひけ目を感じているらしいんですもの。この間も、何かの選挙があって、皆が藤田さんにって民子を選んだところ、民子の方はそれを断ったら、皆んなは民子が謙遜していると思い違いをして、そういう人の方がなおさら適任だって、仲々承知しないので、また、それを断るのに、ひと苦労したって、言っていました。あの子なんかお父さんさえ、しっかりしていてくれたら、成績はいいし、いうことはないのに、……お父さんのおかげで、随分損をしていますよ」

私は翌日、もっともらしい顔をして、R女子大学の付属高等女学校を訪れた。会計係の先生に会った。人のよさそうな五十恰好の、よく太ったおばさんである。思った程面倒でなく、こちらの申し出を承知してくれたので、私は全権大使として、大いに面目を施したわけである。

けれども、先生の方は、簡単にいかなかった。約束の日限が迫っているのに、どうしても、まとまった金策が出来ないのである。私はその間、先生のホテルを訪れる度に、月末が期限であることを強調する。

「まだ、二、三日はあるから、それまでには何とかしよう」

先生も頭の中で最大限の範囲において、錬金術の方法を考えているのであろうが、機が熟さぬのか、さっぱり埒《らち》があかないのである。先生も苦しいだろうが、奥さんをがっかりさせるのかと思うと、私は一層つらい立場にあった。一所懸命やっているのであるが、奥さんから見れば私の交渉の仕方が悪いように、思われないとも限らない。そんな事を考えると、家に帰る足のはこびも、自然に緩慢になってしまうのである。

朝六時半頃と思われる時分に、私は先生のお母さんに、とつぜん、ゆり起こされた。

「誰か来たようですから、起きてください」

毎夜おそいので、なかなか目があかない。床の中から頭をもちあげると、誰か外から、「藤田さん、藤田さん」と言いながら、つづけ様に門をドンドン叩いている。こんなに早く、朝っぱらから誰が来たのだろうと、起き上がって急いで着物をきかえた。外ではまだ「藤田さん、藤田さん」を連呼している。私は廊下のガラス格子を少し開けて、

「いま、門をあけまァす」

と、聞こえるように、怒鳴った。外では起きたのがわかったらしく、そのまま静かになった。寝込みを起こされたので私はそわそわした気持ちで、玄関の格子を開けると、下駄をつっかけるようにして、いそぎ足に門のところに行った。誰だろうと思いながら開けて見ると、それは高利貸の北上と、柴田の二人だった。私はいやな野郎が来やがったと思いながら、二人の顔を見ていると、番頭格の柴田が、挨拶もしないで、

「藤田さんに、北上と柴田が会いたいと、言ってください」

といった。

「先生はいません、留守です」

と私はその場で答えた。すると、二人は口をそろえて、

「いないって、どうしたんです」

「先生は用事でしばらく郷里に行っているんです」

「郷里に行ったって？　それはいつごろですか」

「いつ頃って、そうだなァ……日にちははっきりしないけれど、二週間ばかり前だっと思います」

「それで、いつ頃帰るんかね」

　と、柴田が少しぞんざいな口調でたずねた。

「さァ、それは僕にも、はっきりわかりませんが」

「おかしいなァ……」

　はじめっから、人の言うことを信用しない態度である。私も少しむっとしたので、

「そんなこと言ったって、僕にもそれ以上、わからないですよ」

　北上は北上で癇にさわったらしく、

「こんなところでの立ち話では、埒が明かない、中に入ろう」

　そう言いながら、先に立って玄関の方に歩き出した。私も柴田も一緒につられるように歩き始めたが、私は心のうちで、面倒くさいことを言い出すのじゃないかと思った。

北上は上がり板のところに腰をおろした。

「いつ帰るかわからんて、そんなに永い間、家を留守にしてたら、困るだろうに」

「困るには困るけれども……」

「居留守をつかっているんじゃあるまいねェ」

柴田は人を喰った言い方をした。

「そんなに怪しいと思うなら、上がって見て見たらいいでしょう。嘘なんか言わないから！」

私は自尊心を傷つけられた腹立たしさから柴田の顔を見すえて言った。

柴田は平気な顔をして、北上の方にうながすように話しかけた。

「じゃ、上がって見ませんか」

「上がって見ようか」

二人は下駄をぬいで、上にあがると、今までに幾度も来て知っている奥の先生の書斎の方に、つかっと入って行った。私は腹の中で、ざま見ろと思った。先生のいないことは確かなんだから、少しもこわくなんかないぞ、……それより、何か怪しく思われるものがなかったかと、その方が気になったけれど、今更どうにもしようがないと思った。とっさにそんなことを考えながら、奥さんや子供たちの部屋をのぞくと、おばあさんが障子のかげに、しゃがんでいた。奥さんは、着物を着かえて、蒲団のわきに声も立てないで坐っていたが、寝不足らしく、青白い顔をしている。私は奥さんの顔を見ると、静かにという意味で、手をふった。

私が、奥の書斎に入って行くと、北上が一人で、むっとした顔つきで書斎の真ん中に立ったままで床の間にかかっている、漱石先生の軸を眺めていた。私の顔を見てもものを言わなかった。するとミシリミシリ足音をさせながら二階の梯子段から柴田が降りて来て、

「いませんなァ」

「居らんものは、しようがない、……だが奥さんはおるだろう！　奥さんに会っていこう！」

北上は、先生のいないのに、むかっ腹を立てたのか、大きな声で怒鳴るように言った。私が呼びに行くまでもなくその声が聞こえたと見えて、奥さんは書斎の方に歩いて来た。奥さんの姿を見ると、北上は書斎の真ん中に胡坐《あぐら》をかいて坐った。柴田も真似をして胡坐をかいた。奥さんは坐って二人に挨拶をした。私は入口の障子の側に立

っていた。

「いつも御迷惑をおかけして申訳ありません」

「藤田さんは郷里に行ったって、何しに行ったんです」

「はァ、叔父のところに金策に参りましたんですが、……永くなっているところを見ますと、ひょっとすると、叔父が留守なのかも知れません」

「金策に？　それでいつ頃帰るんですか」

「さァ、そこのところは……」

「わからんのですか、……あなたも大学教授の奥さんでしょう、立派な教育も受けておられるのに、主人が金策に行って、いつ帰るかわからんで済むと思いますか？」

「藤田は御存じのように、いつも、そんなことははっきり申しませんものですから、私にも何とお答えしてよいか……」

「そんなことでどうします。……藤田さんはいつもうそばかりついている。約束の日に届けると言って、そのたんびに、こっちはだまされておるんですからね。もうこれ以上待つことは出来ませんから……」

「いろいろ御迷惑をおかけして申し訳ありませんが、とにかく、そのための金策に行っているんで御座いますから、もうしばらく、藤田が帰るまで、お待ちくださいませんか」

「お宅の方ではどう思っておられるか知らんが、私も藤田さんとは永いつき合いでもあるし、それに同郷のよしみでもあるので、これでも随分好意をもって、寛大にしているつもりですよ。そういう私の気持を知らんで、やっかい扱いにされたんでは、本当に罰があたりますよ」

「とんでもない、やっかい扱いになんて、……北上さんが特別にしてくださっていることは、よく承知致しておりますわ」

私は聞いているうちに、馬鹿々々しく感じた。だまって聞いていれば、傍若無人に勝手なこと、言っている。

「藤田さんが金策に行ったということなら、帰るまで待ちましょう。それも永いことは待てませんよ」

「帰りましたらすぐ、お届けするように致します。ほんとに有難うございました」

「柴田君、今日は仕方がない、帰ろう」

北上が柴田をうながすように言って、起《た》ちあがると、柴田も起ちあがって、二人とも玄関の方に行った。私たちも後につづいた。

「どうも失礼いたしました。よろしくお願い致します」

二人は太い、白い革の鼻緒のすがった、大きな桐の下駄に足をつっかけると、碌《ろく》にあいさつもしないで、威張って帰って行った。

私は玄関のガラス格子をしめながら、二人の後ろ姿を見送っていたが、馬鹿にしてやがると思った。しかし、彼等が先生のいるところに気がつかないでいることは、愉快でたまらなかった。私は玄関をしめると、奥さんたちのいる部屋に入って行った。

奥さんと顔を見合わすと、二人で笑い出した。

「何です、だまって聞いていれば、……高利貸が親切にしているなんて、……よくも、あんな白々しいことが言えたもんですね、内山さん、アハハハハ」

「罰があたりますなんて」

「ほんとにね、どっちが罰があたるか、自分たちに聞いてみれば、わかりそうなものなのに……、ハハハハ」

「朝っぱらから人を早く起こしやがって、ひどい奴郎《やろう》だ」

「あなたは、もうひと寝入りなさいよ。ねむいでしょう」

「いや、もう目は覚めてしまいました。……それより奥さん、さっき北上の奴、先生の書斎にいた時、床の間の夏目先生の軸を見ていたんですが、あいつあの詩が読めるんですかね、……」

「さァ、どうですか、きっと、読めないでしょう」

少し落ち着くと、私は何だか不愉快な気持ちになって、腹が立って来た。あんな高利貸の、人間のくずみたいな奴等に、先生の留守中の部屋の中に勝手に入って、胡坐をかかれたことに、何か神聖なものが汚されたような憤りを感じた。そして、二人の帰った後に、先生の書斎にまだ、不潔なものが、ただよっているように思われた。私は汚れた空気を追い出すつもりで、縁側のガラス戸を開け放して、帚で外にはき出した。


毎日、不安定な日を迎えながらも、その日その日をなんとか糊塗しながら送っているうちに、学校との約束の日限が来た。先生の方も、錬金術は一向に思わしくならしく、やっと、十円ばかりのお金を奥さんに渡すべく、先生からあずかった。私はがっかりした気持ちで、夜十時近くに家に帰り着いた。私の帰るのを待っていた奥さんは私の顔を見るなりたずねた。

「どうでした、内山さん」

「やっぱり駄目なんです。これだけです」

　と言って私はポケットから、先生にことずかったお金を奥さんに渡した。奥さんは、それを目で勘定するように見てから、

「これじゃ、どうにもなりませんわ。あれ程頼んであるのに、……ひどすぎますよ、ほんとに……」

「私も先生にお願いして見たんですが、今日はこれだけしか出来ない。これでも、ないよりはいいだろうから持って行ってくれ、後は何とかするから……と言われるので、それ以上強くも言えなくて戴いて来たんですけど、ほんとに困りましたね」

「まァ、仕方がありませんわ。御苦労様でした。でも月謝の方だけは、何とかしてやらなければ、子供たちが可哀そうでねえ……」

　月謝のことが気になりながらも、何とも手の施しようもなく一両日は過ぎた。私はいまにまた、学校から重ねて呼び出し状が来やしないかと、はらはらしていた。

その翌日、夕飯のすんだ後でちょっと相談があるからと、奥さんが私を別室に呼んだ。私は何事だろうと思って行って見ると、

「内山さん、あれから、私いろいろと子供たちの月謝のことや、生活費のことを考えて見たんですが、藤田のところでは、直ぐにはお金が出来そうにないと思うんです。学校との約束した日ももう切れてしまっていますし、それに、やっぱり毎日、なにかしらお金がいりますもの。それで、こうしようと思うんですがね、……先生の軸か額を売ろうと思うんです。そのことであなたに御相談したいんです」

私はこの突然の、しかも思いがけない提案に驚いた。この軸と額は夏目漱石先生の書かれたもので、漱石先生のお弟子である藤田先生が何よりも大切にしているものである。以前は漱石先生が書かれた短冊やそのほか、いろいろあったそうであるが、現在、この二つの品が藤田家にある漱石先生の唯一の遺品である。いわば、藤田家にとっての家宝に等しいものである。それを処分しようというのであるから、驚かざるを得ない。

私は奥さんの顔を見ながら、

「それは、まずいでしょう。第一先生がそんな事承知なさらないでしょうし、……そ

れに、ほかのものならともかく、あれを売るのは、如何にも惜しいです」

私は文豪漱石先生の書かれた、お金には替え難い価値のあるものを、むざむざ人手に渡すことは、気持ちの上からいっても、簡単に奥さんの説には賛成しかねていた。

「もちろん私もそう思います。そう思いますけれども、私は売るというより、先生に助けていただきたいのです。家中がこんな食うや食わずで困っているのですから、先生も御自分の書かれたもので、一家の者が救われるとしたら、きっと許してくださるに違いありません」

「まァ、そう、おっしゃれば、そういうこともわかりますがねえ……でも、売ったことがわかれば先生は怒りやしませんか」

「それは藤田がちゃんとしてくれないのだから仕方がありませんわ」

「しかし奥さんはそれでいいでしょうが、私が間に入っているんで困ります」

「もし藤田が面倒なことを言ったら、私が売ったんだとおっしゃればかまいませんわ」

私は漱石先生の軸を処分しないでも、よく落ち着いて考えれば、何かほかのものですませることが出来るのではないかと思った。それに、なんとなく、まだ手離すのは残念な気がしていた。しかし、この大事な品を、どうしても売りたいという、奥さんの決心は強かった。いくら私が惜しがってみたところで、自分のものではないのだから、これ以上反対をして見ても、どうにもならなかった。

「しかし、売るといっても、まさか、そこら辺の古道具屋に持っていくわけにも、いかんでしょう」

「それはもちろん、そうですよ。私の考えでは夏目の奥さんに買っていただくのです。それが一番いいと思います」

「へえ？　夏目先生の奥さんに？」

私はこの目茶な考えに後の言葉が出なかった。それは考えたってわかることである。売りたいという品物は、もともと夏目先生からもらったものである。早い話が、ただでもらったものである。それをくれた家に持って行って、買ってもらいたいというのであるから普通の理屈からいけば随分妙な話である。

「そんなことをいって、夏目先生のところで怒りやしませんかねえ」

「夏目の奥さんはお怒りにならないと思います。かえって素性の知れないところへ渡って、先生のものがわからなくなるより、先生の家で買っていただいて、先生の家のものになる方が、どんなに喜ばれるか知れません。それに、この頃は、夏目の奥さんも、先生のもので散らばっているものを、次々に集めていられるということも、聞いていますから、その方が安心です」

私も聞かされた瞬間は、奥さん一流の随分身勝手な話だと思ったが、確かに、そう言われれば、買ってもらえるもらえないは別問題として、その方が筋道としては正しいと思った。

「それで、あなたにお願いしたいのは、竹村さんに明日、学校でお会いになって、この事を話して、竹村さんから夏目の奥さんにお話してもらうように頼んでくださらんか」

「わかりました。それでは明日、学校で竹村君によく頼んで見ます」

「是非お願いしますよ。そして、あなたから、よく家の事情をお話してください。決してこんなことはしたくないんだけれども、どうにもならないので、是非お助けいただきたいと言って……」

翌日、私は学校で竹村君をつかまえて、昨夜の話をした。竹村君は長年夏目家の書生のような役をしていて、夏目家の事は何から何まで知っているのである。そして、夏目の奥さんに学費を出してもらってT大学の予科に通っているのである。

「こういったわけだから竹村君、何とか奥さんに君からお願いして見てくれませんか」

「奥さんきっと買うでしょう」

「それなら有り難いんだが」

私はあまり簡単な返事なので、自分が少し固くなりすぎたのかなと思った。

「いや、僕にもはっきり断言出来ないけれど、多分、大丈夫だと思います。……藤田さんのところ、苦しいとは聞いていたけれど、そんなに困っているのかねえ……」

「全く、ひと通りやふた通りの困り方じゃないんだ」

「へえ！　そうかねえ。だけど、考えて見れば随分妙な話だねえ、もともと自分ちのものを、自分ちで買うんだからさ」

私は自分のことではないにしても、同じ家の一員であって見れば、竹村にこう言われてみると、やっぱり気恥かしいものを感じないわけにいかなかった。

「うん、そりゃ、そうなんだけれどね、まさか何にもなしで、お金を下さいとも、言いにくいからねえ……」

「じゃ、今日家に帰って奥さんにさっそく話して見ます。そして、明日その返事をお知らせしましょう」

私は帰宅して、竹村との話の結果を奥さんに報告した。奥さんは喜んで、もう確実に引き取ってもらえるような気持ちらしかった。ちょうど、夕食を済ませた後で、子供たちを中心に雑談していた時であった。いきなり玄関で、

「今晩は！」

と、高い声がした。それと同時に、皆は話をやめて、顔を見合わせた。私が立って玄関まで行かぬうちに、また、前よりも大きな声で、

「今晩は！　竹村です」

「よう！　竹村君！」

と、私は玄関の三和土《たたき》のところに、ぬくっと立っている竹村君の顔を見るといった。

竹村君は気ぜわしそうに、

「今日、お話の夏目先生の書《しょ》のことで来たんです」

「そんなら、ちょっと待ってください、奥さんを呼んで来るから」

私はとっさに、うまくはなしがいくのではないかという気がして、急ぎ足に奥さんに報告に行った。竹村が軸の事で来たのがわかったらしく、奥さんは玄関の方に出て来るところであった。

「まァ、竹村さん。しばらくでしたねえ。こんどはとんだ御心配をかけまして、さァ、どうぞお上がりください」

「じゃ、失礼して、ちょっと上がらせていただきます。実は表に車屋（人力車）を待たせていますから、すぐおいとましますけど、今日内山さんからのおはなしを学校から帰って、早速奥さんにお話ししたんです。すると、奥さんは、自分では買ってあげられないけれど、懇意にしている人で、先生のものを是非ほしいという人があるから、その人なら確かな人だから、買ってもらうように取り計らってあげましょう、と言われたんですが。

それで、とにかく、その品物を見せてもらいたいから、直ぐ行ってくれと言われたのでうかがったようなわけです」

「そうでしたか、わざわざすみませんでしたねえ」

「たしか、軸と額と二つだったようにうかがいましたが」

「そうです。額はこれですの」

奥さんは部屋の上のところを指さした。

　潮　来　天　地　青　　漱石

「もう一つは奥の床の間にかかっている軸ですの、行って御覧になりませんか」

竹村君は床の間の前に立って、軸を眺めていた。奥さんも私もその後から入って立ち止まった。

これは王維の五言絶句である。

　空山不見人　但聞人語響　　空山人を見ず　但《た》だ聞く人語の響くを
　返景入深林　復照青苔上　　返景深林に入り　復《ま》た青苔の上を照らす

竹村は、そのうちに、

「じゃ外しましょう」と、いいながら、床の間の釘から軸を外して、クルクル巻いてしまうとそれを持って、また、さっきの部屋に戻った。それから私は、オルガンの腰掛けの上に乗って、そうっと額を外すと、縁側のところでほこりはたきで、暗い庭に向かって、静かにほこりを払った。額の方は新聞紙を何枚も重ねて包むと、紐でよく結えた。竹村は用意周到に、持って来た大きな風呂敷を広げて、額を包んだ。軸の方も、別の一枚の風呂敷に、クルクル包み終わると、

「ゆっくりしたいんですが、車を待たせてありますから、これで失礼いたします。たしかにお預かりして帰ります。この二つの中のどっちか、先方の気に入った方を選んでもらいますから。何れ結果はまた、内山さんに御連絡いたします。ではさようなら」

「じゃ、御面倒でもよろしくお願いしますよ。どうぞ、奥さんによろしく御礼申し上げてくださいね。ではお願いします」

竹村は額と軸を持つと、そそくさと帰って行った。奥に引きかえした私は、今まであったものが無くなって、何だか部屋の中が落ち着きのないものを感じた。事情が事情だけに一抹の淋しさを覚えた。

「ずいぶん、また、早く来たものですね。今日話したばかりなのに」

「やっぱり、気の毒だと、夏目の奥さんも思われたのに違いありませんわ」

「こうなったら、高く買って戴けるといいですがね。しかし、夏目の奥さんが買われるのではなくて、他の人が買うのでは、大丈夫ですかね」

「いまの場合、ぜいたくなことは言えませんよ。買ってもらえるだけで有り難いとしなけりゃ。それに夏目の奥さんが間に入ってくださるんですから、そんな変なところへはお話にならないでしょうからね」

「そりゃ、そうですけど、……それにしても、一体、どの位の値段で買ってくれるんでしょう」

「七、八十円から百円ぐらいのところと、私は思うんですがねえ」

「そうですかね。私にはちょっとわからないけれど。今の場合、少しでも多い方がたすかるんだがなァ」

「きっとその辺のところですよ」

その翌々日、学校にいるとき、竹村が私を教室に訪ねて来た。私は一昨夜の事を竹村に礼を述べると、竹村は、

「あれから家に帰って、藤田さんのところの話がでたんですがね。奥さんも随分気の

毒がっていられて、とにかく、一度、いろいろ様子を聞きたいから、あなたに今夜来てもらいたいという、奥さんの言づけなんですがね。あなたは今夜八時頃来られますか」

「僕は別に差し支えありません。それでは今夜その頃お伺いしましょう」

「じゃ、そうお伝えしますから、よろしく」

私は学校から家に帰って、奥さんに竹村からの話をした。奥さんは、夏目の奥さんの細かい心遣いに感激したらしく、

「矢張り先生の奥さんですねえ。あなたが奥さんにお会いになったら、私からお礼申し上げていたと、よくおっしゃってくださいよ。そして、家の事や子供たちのことを、ありのままにお話しください」

私はその夜、八時頃に夏目家を訪れた。私は夏目の奥さんには以前、藤田先生の家に来られた時に一度お目にかかったことはあるが、その時はちょっと御挨拶しただけで、別にお話したわけでもないから、初めてお会いするのも同然なのである。私は小石川の雑司ヶ谷から、早稲田南町の夏目家に行く間に、奥さんにお目にかかって、お話する事を頭の中でまとめるのであった。お宅が近づくにつれて何となく心が引き締

まるようであった。

門を入って、ベルを鳴らすと、女中さんが出て来た。私が来意を告げて、玄関に待っていると、女中さんはまた出て来てお上がりくださいと言って玄関側の応接間に通された。私は椅子に腰を下ろして、奥さんの来られるのを待っていた。腕に喪章をまいて、ひじをついて、横向きになっておられる、漱石先生の上半身を写した、よく教科書などに載っている写真を大きく引き伸ばしたのが壁にかけてある。私は緊張した気持ちで、明治、大正における文豪の面影を仰ぎ見ていた。

奥さんは肥った、からだの大きな方であった。そして、落ち着きのある、どっしりとした感じの方で、私は少し固い気持ちになってしまった。私が御挨拶すると、親しみのある言葉で、

「藤田さんの家のことで、あなたは、いろいろ御苦労されているそうですね」

と、言われた。

「いいえ、そんなわけでもありませんが……」

と、私は答えた。

それから、奥さんはこんなことも言われた。

「私に買ってくれというお話でしたが、私のところで買うのもへんだしねえ、それに私もいま余裕がありませんから、買ってあげることが出来ないのが残念です。いろいろ考えたのですが、私のところで懇意にしている人で、前から先生のものがあったら欲しいという方があったのでその人に話して見ました。軸の方をもらいたいと言っていましたが、お値段も夏目の奥さんのお話だからと言って、普通より高く八十五円で買ってくれると言われるのです。百円ぐらいにはなりませんかと頼んでみたのですが、これ以上は出せないと言うのです。八十五円でどうですか」

「いろいろお骨折りいただいて、有り難うございました。私はそれで結構だと思いますが、藤田の奥さんが何と言われるか分かりませんので、家に帰りましてから、はっきり御返事申し上げます」

「それで結構ですから、明日にでも竹村さんの方に返事をしておいてください。……急ぐんでしょうから、早い程よろしいでしょう。それから、買ってくれる方というのは、昔から家に出入りしている人で、確かな人ですから、その点は心配なさらなくとも大丈夫です。それからもしまた、藤田さんの方で余裕が出来て買い戻したいという時には買った値段で、いつでもお返ししていいと言っていましたからそれも承知しておいてください」

私は夏目の奥さんのお心遣いに感激を覚えた。段々お話しているうちに、最初固くなっていた私の緊張もほぐれて、後は楽な気持ちでお話が出来るようになった。私は竹村君が夏目の奥さんに一応話して知っておられると思ったが、自分の口から大事な軸を処分するに至った顚末《てんまつ》を、奥さんに詳しくお話した。そして、これはあくまで、藤田先生には内証で取り計らったことであることを強調してお話した。奥さんも打ち解けた言葉で、藤田先生の事や、奥さんや子供たちのことを、こまかくたずねられた。そして、

「実は昨夜も、家の娘たち二人に藤田さんのところのことを話して聞かせました。そしたら、娘たちは、『藤田さんのところで、そんなに困っているのなら、自分たちのお小遣いを出し合って差し上げたい』と言ったんですが、私はそれはあなたたちに関係したことでないから、と言って、止めさせました。

藤田さんは昔から、少し派手な人で、幾らも月給を取っていない時でも、御馳走を食べていたりして。もう少し仕事をすればいいのに。ほんとうに子供や奥さんが可哀相に」

藤田先生も夏目の奥さんにかかっては、台なしである。私には先生でも、夏目の奥さんから見ればお弟子なのだから仕方がない。それから奥さんはなおつづけて言われた。

「この先生は」と、奥さんは体を、はすに向けて上をみながら、後ろの漱石先生の写真を指さされた。私もそれにつれて、先生の写真を仰ぎ見た。

「この先生はね、ちっともぜいたくはしませんでした。欲しいものでも、お金がなければ、我慢していましたよ。それに、よく勉強をした人で、このくらい、まじめな人はなかったでしょう。お金が入って来た時でも、無駄遣いはしませんでした」

私はハッと思って、頭が下がるのを覚えた。そしてやっぱり偉くなる人は違うのだという感を新たにしたのだった。

用談の後で竹村君の月謝のことや、私自身の話などをしたりして、初めてお伺いしたのであったが、三時間近くもお話をしてしまった。女中さんは、コーヒーと洋菓子を持って来たり、日本のお茶に上等の和菓子を持って来たりしたが、竹村は全然部屋に顔を見せなかった。話の最中、私は奥さんにすすめられるままに、お茶やお菓子をいただいたが、帰る時に菓子鉢に残っているお菓子を、奥さんが半紙に包んで下さった。

帰り際に奥さんは、はじめから用意をしておられたと見えて、『潮来天地青』の額のつつんだのを奥から持って来られて、

「この方は持って帰ってください。重いものじゃないから大丈夫でしょう」

と言われて玄関まで運んで来られた。私はその額をひっかけて破らないように抱いて、夜ふけの道を急いだ。

藤田の奥さんは私の帰りを待っていた。私は帰ると早速、夏目の奥さんの話をした。値段については、もちろん奥さんにも異存はなかった。子供たちの月謝の全部ではないが、内金として一応面目が立つだけは入れられそうである。それを差し引いてあれこれと近所の漬物屋や魚屋などから借りているこまごましたものを支払うと、後にいくらも残らないことになるのである。

「まァ、よろしいわ、子供の月謝が少しでも納められれば……、借金をみんな払う段になったら、少々のことじゃ足りませんもの……。どうも色々ご苦労さんでした」

私は藤田先生のホテルには毎日のように訪れていた。そうして、用事の全部が殆ど、お金の問題である。出来ないことを百も承知で、先生に催促するのは、先生を苦しめ

るようなものであるのだけれども、家に帰るのに幾らかでも持って帰らないと、奥さんの御機嫌も悪いし家中が困ってしまうので、先生に言わないわけにはいかなくなるのである。

しかし奥さんは、軸を売って入ったお金の事は絶対に藤田先生には内証にしておいてもらいたい、月謝や近所の支払いがひとまず落ち着いたことを頭に入れないで、それだけの分は先生からもらって来てくれというのであった。私も先生のところへ行くまではもちろんそのつもりで行くのであるが、先生の顔を見て、いざ話を切り出す段になると、どうも切先がにぶって中々強く言えない。急場は救われたということがある以上、私の態度は非常に曖昧なものになってしまうのである。自分で言い出しておいて自分で始末をつけるようになってしまって、まことに不手際に終わってしまううそを言うことは中々むずかしいものである。帰り際になって、先生は思い出したように言った。

「それから君、いつか頼んでおいた先生の軸、忘れたでしょう。今度来る時、きっと忘れないで持って来てくださいよ。なくならないうちにね」

「はァ、持って来ます」

私は全身に水を浴びるような感じにおそわれた。そうしてさり気なく、だが力ない声でやっとこれだけ答えると、早く帰ろうと思った。

「無事にあるんだろうね」

「はァ、有ります」

先生は何となく不吉な予感がするのか、いやにしつこく念を押して軸の事を尋ねるのであった。奥さんに頼まれたとはいえ、私がその中に入っていることには違いなかった。悪いと知りつつも、この場合私としては、こう答えるほかしかたがなかった。

私は落ち着かない気持ちで、逃げるようにして先生のところを出たのだった。

家に帰るとすぐ奥さんに軸の話をした。奥さんは笑いながら、

「この次も忘れたと言っておきなさい」と言った。

しかし、いつかはばれるにきまっている事である。ではこちらから男らしく白状すればよいのだが、なかなかその決心がつかない。私は困ったことになったと思った。では、それきり先生のところへ行かないでいればいいのであるが、そんなわけにはいかない。

私はその次も軸を持たずに先生のところに行った。先生はこの前あれ程念を押して

いながら、忘れてしまったらしく、軸の事は一言も口に出さなかった。私は救われた思いで家に帰ることが出来た。それから後もずっと無事で過ぎた。経済上の色々の問題が間にはさまって来るので、先生の方でもお金の事で頭がいっぱいで軸の方まで思いがまわらないのであろう。私自身も同様で、いつとはなしに忘れてしまっていた。

それからだいぶたったある日、私は用事で先生のところに昼間の早いうちに訪れた。先生との用談をすませて、いざ帰ろうとする時になって、先生は突然軸の事を言いだした。

「君はまた先生の軸を忘れたねえ。持って来てください」

私はひやっとしたが、例によっていつもと同じことを言った。

「はァ、今度来る時きっと持ってきます」

「いや、ついでては忘れるから、今帰って直ぐ持って来てください。その方がいい」

これにには身動きができなくなってしまった。雪隠詰めにあった王将である。こうなった以上、いさぎよく軍門に降るより他に方法がない。私はへたへたとなって先生の前に坐ってしまった。そして元気のない低い声で言った。

「実は、あの軸は売ってしまったのです」

私は軸を売った事の顚末を先生に白状した。聞き終わった先生は、少しむっとした顔をして、しかし怒りをおさえて、いつもの語調で言った。

「君がそうしてくれたことについては、僕は有難いとは思わないね」

「どうも済みません」

私は頭を下げた。

「子供たちのことにしてくれたのだから、お礼を言いたいのだが僕は言いたくないね」

私は何とも返事のしようがなかった、少したってから言った。

「……それは、お金を持っていけば、いつでも買いもどせるようになっているのです……」

私は先生の気持ちを和らげるつもりで言ったのであるが、不手際な言いわけをつけたしたことになった。

「いったん渡したものを、取り戻す気はないね……、もう、よろしい」

もっとも適切な意味で、逃げ帰るという言葉が使えるとしたら、この場合の私の姿であったであろう。私は後味のわるい気持ちで、元気なく、しょんぼりとした恰好で家に帰っていくのであった。私は道を歩きながら、何んて、俺は悪い奴だろうと思った。

〔増補版の「別稿」を採録した。本文中の藤田は内田の仮名である〕

Ⅲ

大検校の鼾

私がまだ学生の頃、それは大正十年の十月の、どの日曜だったか忘れたけれど、何でも月の終わりに近い日曜だったと思う。私は先生の内田百間に連れられて、上野の音楽学校（現在の東京藝術大学）に、宮城道雄先生の作品発表演奏会をききにいった。聴衆席の前の方に陣どって、百間先生と隣り合わせで、宮城先生の箏曲を拝聴していたのであるが、もとより無粋で音痴の私には、美妙な箏の音のよさなど、わかりようもなかった。

ときどき、わきを見ると、内田さんはおとなしく、熱心に聴いている。私はちょっと不思議に思った。ドイツ語の先生で、学校ではニコリともしないで、われわれ学生に向かっている先生が、箏なんかに興味があるなどとは、一体どういうことなのだろうと。

別に紹介されてお話ししたわけではないが、私が宮城先生にお会いしたのは、この時が初めてであった。

私は内田家の書生兼学生であった関係から、その後、内田さんの使いで宮城先生のお宅へうかがったことが、しばしばある。長女の多美野さんが箏を習うのにつき添っていったりして、宮城先生のお宅の方たちとも、自然親しくなる機会が出来た。

私は別に宮城先生とは、お箏の上に於ての師弟関係ではなかったので、先生とのおつき合いは、内田さんを通じての、つかず離れずの関係だったのである。

ところが後年、私が学校を出て、内田家から独立して家庭をもってから暫くしたころ、内田さんは、こんなことを私に話した。

「宮城さんはあれほどの芸術家で、宮城さんの音楽については世間で知らない人はいない。しかし盲人の宮城さんの日常生活や、その折々に感じていることや、作曲の事など、目明きの世界で知られていないことが随分あると思うのだ。僕はまだ宮城さんが生きているうちに、そうしたものを、宮城さんに書かせて、後世の資にしたいと思ってすすめているのだが、大検校考えさせてくれといって、まだはっきりした返事をしない。もしそうなったら、盲人の宮城さんは自分では書けないから、君にその役を頼みますよ」

私は感激した。すぐれた芸術家と時を同じくして生き、しかも、親しく面と向かって話が出来ることだけでも幸福であるのに、その仕事のお手伝いをさせて戴くことは、身にあまる光栄である。

その後、話は都合よく運んで、私は一週間のうちの、先生の差支えない日の何日かを、随筆の仕事でお訪ねすることになった。

牛込中町のお宅に、晩七時半頃お伺いして、だいたい、二時間か、時によると、三時間以上になることも度々あった。

おちついた応接室の、ふかふかとした椅子に身をしずめて、宮城先生と向かい合い、煖炉に暖まりながら先生の話される話を、私は一言も書きもらすまいと、鉛筆を走らせるのだった。そうしてお話を伺いながら書いているうちに、すぐれた芸術家の一言一言が、私たち後輩に教えられるものがあった。

先生は関西育ちで、発音やアクセントが、東京と違うので、この点の表現に苦労した。それから、むつかしい、漢語とか言いまわしを使われないので、出来るだけ、私自身のものを入れないようにすることにつとめた。

しかし、私のような鈍感な人間は、繊細な感覚の持主である宮城先生のような人の前にいると非常に神経と気をつかうので、つかれることも多かった。少し楽な恰好でもして、からだをくずそうと思っているとき、それは偶然なのであるが、話題の途中に、

「私は目が見えなくとも、その部屋にどんなものがどうおかれているかということも、だいたいわかる。だから、話している相手が夏のあついときなど、着物をきているか、はだかでいるのかもわかる。また、きちんと行儀よく坐っているのか、行儀のわるいかっこうで、話しているのかもわかる……」

こんな話がとび出してくると、私はギクリとするのだった。何か自分の心のなかを当てられたような気がして、少しくずした自分の行儀を正すのだった。

最初の宮城先生の随筆集は、三笠書房から『雨の念仏』という題で出版された。これは相当の反響をもって売れたのである。お話をきくだけでも有り難いと思っていたのに、印税の半分は私がいただくことになって、私は大変助かったのであった。つづいて三笠から『騒音』が出、小山書店から『垣隣り』が出た。

それを機会に、各雑誌、出版社、新聞社からつぎつぎと、原稿の依頼があり、その

度に私は宮城邸に先生の口述筆記に伺った。そうして、原稿料の入るたびに、その半分をいただいていた。また仕事がすんで帰るとき、殆ど毎度のように、果物やお菓子の大きな折を子供たちへのお土産にいただくのだった。申しわけないことであるが私にとっては、まことに工合のいい、有り難い話であったのである

ある春の、なま暖かい夜のことであった。日本短歌社からの依頼で、花によせて何か原稿をということで、私は例によって宮城邸にうかがった。丁度お宅の一部を普請しておられた時だったので、家の方たちは、一時応接間の隣りの狭い部屋におられた。

私が先生のお話をききながら、書きつづけていると、その日にかぎって、ときどき先生の話がとぎれるのである。私は書く手をやめて、先生の顔を見ていると、すこしたって、話がまたすすみ出した。また続けて書いていると、またとぎれる。その度に私は書く手をやめる。幾度かそういう運動が反復されているうちに、先生のお話は全くとまってしまった。

私は困ったなと思った。ゆり起こすわけにもいかず、また怒ることなどもちろん出来るものではない。

そのうちに先生は、いい気持ちで鼾をかきはじめた。しようがないなと思ったけれ

ど、どうにもならないから、先生が目を覚ますまでこうして待っていようと、私は決心した。静かな応接室の中では、先生の鼾だけが、気持ちよく響いている。

そのうちに、ひっそりしていたお隣の部屋から、一時にとん狂な笑い声が起こった。

「先生、内山さんをほったらかして、話のとちゅうで眠ってしまって……いやな先生！……」

「わア！　こりゃしもうた、ヤア、こりゃしもうた……」

宮城先生はあわてて、口のあたりを片手でふきふき、私にきまり悪そうに、いいわけをされた。

「食事のときに一杯やったら、つい、いい気持ちになって、ハハハハ、もう大丈夫、ねません。どこまで言ったんでしたかねえ……」

隣室では朗かな笑いが、まだつづいていた。

小びとのおじさん

版画家の谷中さんと初めて私が会ったのは、市ヶ谷合羽坂の内田百間（のち百閒）氏のところであった。私が用事で内田さんを訪れたとき、「僕のこんど出る童話集の挿絵をかいてくれている谷中さんです」といって、内田さんは私に谷中さんを紹介した。

「わたし、谷中です。よろしくお願いします」

谷中さんは、うすっぺらな膝の上に、白くて細い両手をおいて、頭をさげた。私もかしこまって初対面の挨拶をした。『たになかです』という関西訛りのアクセントが、いまでも、私の耳の底に残っている。

やせこけた、細っそりとしたからだつき、顔の色は青白くてつやがなく、頬骨が高く出ていて、髪の毛は伸び気味でバサバサである。小柄な細面の青白いその顔には、なんと、鼻下に赤毛のポショポショとした、貧弱極まる髭が貯えられている。そういう、からだをつつんでいる着物は相当疲れた、地味な和服なのである。どう見ても、売れっ子の画家とは思われない。しかし、その全体から受けるものは、何かしら飄々《ひょうひょう》たる中に、人なつっこいものがあり、殊に、茶色をした眼は、少年の眼のように澄んでいた。

私はこのとき以来、ひそかに、谷中さんに敬意と親しみとを感じていたのである。

それから後も、たびたび、内田さんのところでいっしょになり、晩飯も三人でする機会があった。谷中さんが独身であることや、小石川駕籠町の近くに下宿して、自炊生活をしながら、版画を制作していることなど、谷中さん個人の生活の輪郭が少しずつ私にはわかってきた。それにつれて、何ひとつ、これといって人に自慢するような仕事もしていない自分をかえりみて、芸術に魂を打ちこんで生きていく、谷中さんに、私はますます敬意を感ずるのだった。

私は小石川小日向台町に住んでいたので、谷中さんのところから、そう、遠くはなかった。お互いにへだてがなくなると、谷中さんは、うすっぺらになった、せんべい下駄をひきずりながら、よれよれの着物をきてちょいちょい、私の家に遊びにきた。

そうして、話に興味が乗ってくると、蛙のおなかくらいにふくれた、ふところに手をつっこんでは、自製のスケッチ・ブックやノートや、何冊かの同人雑誌、紙などを、話題に応じて、手品師が引き出すようにつぎつぎとひっぱり出す。何が出てくるかと、その仕草が見ていて、ほほえましいのである。そしてそれを材料にして、話をつづける。夜おそくまで、二人で絵の話や、小説の話などをして楽しくすごすのであった。

私なんかもそうであるが、谷中さんはよく金欠の時があった。突然、現れて、電車賃がないから貸してくれということもあったし、版画を何枚か持ってきて、これを一枚五十銭で買ってくれということもあった。版画の価値からすると、こんな馬鹿な値段で作品を売るというのはもったいないと思うことがよくある。

「そんなに安くいただいて、いいんですか」

私はなにか悪いような気がして、そうたずねる。

「ええ、かまいません。それで今晩とあすは助かるんですから」

そういうことが、度々あった。そのために私のところには、谷中さんの版画が自然に、つぎつぎとふえていった。そのほか、ただでもらったものも何枚かある。（この中の、自分でも一番いいと思って大切にしていた三枚を、私の後輩のある男がもって

いってしまった)

ある朝早く、まだ、私が寝ていたとき、谷中さんが訪ねてきた。玄関の三和土《たたき》のところに立ったまま、上がろうともしないで、気ぜわしそうにしている。寝ぼけ眼《まなこ》で、玄関にいって用件をきくと、私の持っている油絵用の大阪の板を全部くれろというのである。展覧会に出品するのに、板を買う金がないので、私が板を持っているのを覚えていたからやってきたのだ、是非、みんなほしいというわけであった。私もみんなは困ると思った。それで、一枚だけ手もとに残して、谷中さんにあげた。

しかし、そのときの谷中さんの口調や顔色では、皆ほしかったらしい。谷中さんが帰った後、また、それから後になってもこのときの事を思い出す度に、私は皆あげておけばよかったのにと思っている。しみったれな、その時の自分の気持ちが、悔まれるのである。

それから、しばらくたったある日、

「あなたにもらった板で彫った作品です。展覧会の方も無事にすみました」

といって、出品された版画と同じ版画を持ってきてくれた。それは、大きな虎の頸のところに、裸の少年がまたがっている絵だった。

また、ある夏の日の、丁度、昼頃だった。田舎から遊びにきていた家内の祖母が、たすきがけでせっせと、張り板にきれを張っていた。そこへ谷中さんが、例によって、飄然と現れたのである。祖母は谷中さんの風体を見て、何者かと思ったらしい。家内が私に谷中さんの見えたことを告げたので、私が玄関に顔を出すと、

「内山さん、お宅に香水ありませんか」

だし抜けに谷中さんがいう。私は面喰らった。谷中さんと香水とは余り縁がかけ離れている。

「香水をどうするんです？ それよりまァ、おあがりなさいよ。……」

「いや、あがる前にぜひ、香水が必要なんです。お宅にあったら、ちょっとかして下さい……」

わけはわからないけれども、何か香水が入用らしいのである。いつでも香水をそなえているわけではないけれども、ちょうど、そのとき、安ものの香水があったので、それを家内に持って来させて、谷中さんに渡した。どうするんだろうと家内と二人で、だまって見ていると、谷中さんは香水を受けとるが早いか、ビンを逆さにして、自分の頭のバサバサの髪の毛の上や、着物にやたらにふりかけた。おしゃれにしては、変

なことをするものだと、呆気にとられていると、

「これですみました。どうもありがとうございました。……」

谷中さんは笑いながら、香水のビンを私に返した。

「どうしたんです？」

「ここんとこ、ずっと風呂に入っていないうえに、暑いので、からだがよごれて臭くなっているので、そんな臭いにおいをかがしては失礼だと思って、香水でにおいを消したわけですよ、ハハハハ」

それが谷中さんの答弁であった。

谷中さんが帰ったあとで、家内の祖母は、あれはどういう人かと私にきいた。私が偉い絵かきさんだといって説明したけれども、一見ルンペンと間ちがえられそうな恰好をしている谷中さんの、芸術家としての価値は、田舎出の祖母には納得がいかないらしかった。

内田さんは、谷中さんのことを『風船画伯』という綽名《あだな》で親しんでいたし、随筆にも一文をものしている。私のところの、男の子は『小びとのおじさん』という愛称を奉って、谷中さんが見えると、いつもそう呼んでいた。

谷中さんは、版画家としての実力と、独特の芸術家としての存在をもっており、日本の版画史に残る人だと思われるのに、どうして、世間がその価値を認めてやらないのかと、私はいつも、不思議に思い、歯がゆくも感じたことがあった。その頃、私は雑誌の編集長をしたり、出版関係の仕事をしていたので、谷中さんの絵を、挿絵や装釘に出来る限りつかうことにしていた。僅かな画料ではあったが、それでも、谷中さんの月々の生活費の一部には役立っていたようである。

私があるとき、東京薬学専門学校（現在の東京薬科大学）の教授の内藤多喜夫氏と、ドイツ文学者で、その頃東京高等学校の教授をしていた石川道雄氏（ホフマンの研究者で、最近亡くなった）と私と三人で、内藤さんの家で落合って話をしたことがあった。内藤さんは号を『吐天』といっていて、人も知る俳人である。御両人とも谷中さんとは、私よりも古いつきあいの間柄なのである。

いろいろ話が交わされているうちに、谷中さんの話が出た。二人とも、谷中さんのことを谷中なんていわないで、『アンキ、アンキ』といっている。『アンキ』とは名前の『安規《やすのり》』を音読したのである。私は二人の会話を横で聞いていたが、

「アンキの奴、どうして生活しているんだろう」

「全く、なァ」

「なんでも、ひと月、十五、六円ぐらいで、やっているらしいぜ」

「いくら一人でもそれくらいで、一ヵ月生きていけるとは、偉いもんだなァ。どんなことやっているんだろう？　たまには飯を食わん日だってあるんだろう……」

「そりゃあるかも知れんなァ」

「それにくらべると、われわれの生活なんて王侯のようなもんだぜ、ハハハ」

「アンキも変わっているが、アンキの親父っていうのは相当な人間らしいぜ、話によると」

「それはどんなことなんだい？」

「アンキに結婚の話があると、いつも話が、親父のためにこわれてしまうんだそうだ」

「へェー」

「息子の嫁になる女を、息子より先に、親父が手をつけるっていうんだそうだ。どこまで本当か知らんが、噂によると、これまでのは皆んなそうなんだそうな」

「えらい、ヒヒ親父だなァ」

「いや、あいつの親父だから、そんなこともあるかも知れんぞ、ハハハハ」

「それにしてもアンキはもっと積極性を出すべきだよ。変に人に頼るところがあるよ」

「たしかに、そういうところがあるなァ」

「もっと、バリバリやって、いいものを発表すれば、我々はいつでも応援してやるし、我々の周囲だけでも、立派に、画会の後援会ぐらいは作ってやれるよ。それなのに、最近は俺のところにも来やしないだろう……」

「俺のところには、時々、くるんだ」

「絵を買ってくれって、いうんじゃないか」

「そうなんだ」

「ああいうところが、いけないんだなァ。可哀相だけれども、俺は断ることにしてるんだ」

私はお二人の谷中談をきいていて、へへェと思った。人にはいろいろ見方があるものだと。

しかし、私の谷中さんに対する尊敬の念には変わりはなかった。お二人とも、谷中さんとは遠慮のない仲であったし、特に石川道雄氏は谷中さんとはだいぶ深い関係であったらしい。

聞くところによれば最初、谷中さんは石川さんの家に居候をしていたのだそうである。版画の修業に打ちこんでいた谷中さんは、石川さんの家にいる間に、家の中の木という木は片っぱしから、彫り刻んでいった。雨戸はもちろん、柱でも、机でも、はじめは好意をもって、黙っていた石川さんも、しまいには怒り出してしまった。

「とんでもない奴だ。貴様のような奴におられたんでは家が倒れてしまう。すぐに出ていってくれ」

谷中さんはその日から石川さんの家を追い出されたのだそうである。

いちど遊びに来てくれ、と再三さそわれて、私はある夜七時頃、小石川駕籠町の、停留所の近くの、路地の奥の谷中さんの下宿を訪れた。見るからにひどく汚れた、古い二階家である。傾いていて大きな丸太ん棒で、外からつっかえがしてある。地震でもあったら、いまにもたおれそうな恰好だ。我が敬愛する谷中さんはこの家の二階の部屋を借りて鼠のように暮らしているのである。

私が訪れたのがわかると、谷中さんは段の上から、首だけ出して声をかけた。

「危ないから、足もとに気をつけて下さい」

薄っぺらな、細い、暗い梯子段は、一あし踏む度に、ギコギコ気味悪く鳴る。

上がりついて見ると、恐《お》っそろしく、薄汚れた、狭い、暗い部屋である。それに、プーンと、男やもめの一種異様な臭気が鼻をつく。小さな三畳の間である。一畳は畳がなくて床がむき出しになっている。谷中さんの説明では、仕事場としてわざと、その一畳は畳をあげてあるのだという。あとの畳のしいてある二畳のところに、小さな机が置いてある。この二畳が居間兼書斎兼食堂兼寝室なのだそうである。

この家の主人は客を遇するのを心得ていた。私がくるというので、奮発してお茶菓子をちゃんと買っておいてくれたのである。

「内山さん、いま、コーヒーを入れますから、待っていて下さい。私のコーヒーは特別うまいですよ」

「そうですか、御馳走になりましょう」

私はうわの空で返事をしていた。

「私は、コーヒーは毎日、必ず入れて呑むことにしているんです。豆からひいてもらった、新しいのです。これだけは欠かしたことがないんです。だから私のコーヒーは味もいいし、入れ方もうまいんですよ……」

なるほど、と私は感心した。フリードリッヒ・ヘッベルが、苦しい生活にありながら、コーヒーだけは上等のを選んで、自分でひいたのを、自分で入れて呑んでいたという話を私は、このとき、フト思い出した。芸術家の生活の中に、一脈通ずるものを私は感じたのであった。

谷中さんは黒くなった薬罐《やかん》をかけると、押入れから古雑誌を一冊とり出して、馴れた手つきで、一枚一枚破ってはそれに火をつけて薬罐の湯を沸かし始めた。面白いことをするなと思って見ていると、そんなことを繰り返している間に湯が沸いて、コーヒーが入れられた。

すすめられるままに、呑んでみると、なるほど、自慢するだけあって香りもいいし、味もうまい。

「私の燃料は、新聞紙、古雑誌、版画のけずり屑に、紙くずです。炭やまきはめったにいりません。炭なんか一俵あれば、半年以上は楽にあります」

「毎日新聞紙や雑誌を燃やしていて、後がつづきますか」

「ところが、うまいぐあいに、雑誌は、チョイチョイ贈ってきてくれますし、なくなれば、読み古しのをあっちこっちから貰ってきて補充しますから大丈夫です。それに木っ屑や、紙屑は自分のところで、毎日あとからあとから製造しますから心配いりません」

私だって、こういう方法はもちろん、知らないわけではないけれども、いま更のように感心してしまった。谷中さんはなおつづけていった。

「それで長年の経験から、大体、何はどのくらいもやせば煮える、ということがわかっています。薬罐の水だったら、新聞紙二、三枚、飯をたくのだったら、キング程度の雑誌一冊分あればたけるというように……」

谷中さんはそういってから押入れの唐紙を開けて見せた。キングや主婦の友のような雑誌がいっぱい積まれて入っている。

「たいしたもんですね ェ」

「これだけあれば、まず一年分はだいじょうぶです」

谷中さんはほこらしげにいう。

これじゃ、俺のところより、よっぽどいいじゃないか。へたに家庭をもっているよりどんなに気楽だか知れやしないと私は思った。

「私は、しかし、米の飯は金がかかるから、時たましか食べません」

「じゃ、何を食べるんですか」

私はちょっと興味を感じて返事をまった。

「あんパンと味噌汁です」

この妙な取り合わせに、私は少なからず呆れたのであった。

「あんパンといっても、普通店に出ている新しいのでは、高くて、いくらも買えないから、売れ残りの、少し固くなったのを安く、たくさん買ってくるんです。それも、近所のパン屋のおばさんと顔なじみになっていますから、ちゃんと、とっといてくれて、私がいくと特別にまけてくれるんです。十銭も買うと、二、三日はたっぷりあります」

「そんなあんパンを食べて、お腹をいたくしませんか」

「いや、大丈夫です。売れ残りといっても、悪くなったのとはちがいますから……」

『必要は発明の母也《なり》』というが、いくら谷中さんだって、わざわざ好き好んでこういうことをしているわけではないだろうし、やむを得ずやっていることなのであろうが、こういう経済的な方法でやりくりすれば、十五、六円で一ヵ月の生活は出来そうである。こうした生活の中で、一般には知られていないにしても、あのような、立派な作品を作り上げている谷中さんに、私は尊敬の念を新たにするのだった。

あとで家に帰って家内にその話をしたら、家内も笑い出してしまった。しかし、この報いは、それから何年か後に現れた。私たちにもこんどの戦争で、日本中食べるものがなくなって、これよりもっと、ひどい食生活で、やっといのちつなぎをしなければならなかったからだ。あんパンに味噌汁、なんとぜいたくなことだろうと、私は疎開先で家内と話しあったものである。谷中さんのこの時の生活は、それこそ、王侯の生活の部に入るのかも知れなかった。

戦争が始まってから、谷中さんは何度か私の家に訪ねてきたが、そのうちに、和服を廃して、国民服に下駄ばき姿になった。その恰好が、いかにも、とってつけたようで、丸っきり谷中さんらしくないのである。御用ききのあんちゃんの見習いのような恰好である。

「やァ、谷中さん、ハイカラになりましたねー」と、ひやかすと、谷中さんは、ニコニコして、服をさすりながらいった。

「これは、ブラ下がりを安く買ってきたんですが、軽くって、いいですよ。第一、汚れても洗濯しなくっていいから。それに、これでどこへでもいけますからねえ」

戦争が激しくなってからは、殆ど谷中さんに会う機会はなかった。時々谷中さんはどうしているだろうと思うことはあったが、お互いに連絡もつかぬまま、それっきり忘れたような形になっていた。

終戦後のある日、私は出版の用事で、神田の小川町の交叉点を、青信号で神保町の方へ向かって急いでいた。すると、向こうの反対側を私とは逆に須田町の方へすれちがいの位置で渉《わた》っていく、無帽の、マント姿に下駄ばきの男の人をチラッと見かけた。確かに谷中さんだと、私は直感した。やっぱり生きていたのかと嬉しかった。しかしその恰好は実にひどいものであった。髪はよごれて、ほこりで白くなっており、頬は前より一層やせこけている。着ているマントもよれよれで、着ているというよりは、中から手でおさえて、からだに巻きつけているらしいのである。パッチのモモ引きをだぶつかせてひもで結び、たびに下駄ばきである。下駄も薄いせんべいになっている。私は暗然とした。私はよっぽどあとから声をかけようと思ったが、その人はいそいで、まっすぐ道を渉っていってしまった。あいにく、私もそのとき、用事を急いでいたので、心にひかれながらも、追いかけもしなかった。無事でいることがわかれば、そのうちに、また、会えることもあるだろうと思った。

それから一年ぐらい後の秋のある日、私は仕事を終わって帰る途中、渋谷駅のホームで電車を待っていた。東京新聞を何の気なしに、ひろげて見た瞬間、私は頭をドヤされた様なショックを感じた。文芸欄に大きく、

『風船画伯の死、西川満』

と、出ているではないか。

それは、台湾から引きあげて来られた作家の西川さんが綴られた、谷中さんの死を報ずる一文であった。西川さんは大の谷中ファンで、戦後早くも、谷中さんと往き来していたらしい。谷中さんは、巣鴨辺の焼野原に、焼けトタンや板で小さな小屋をつくり、まわりの空地にかぼちゃを作って『おかぼちゃ様、おかぼちゃ様』と、かぼちゃを唯一の食糧にして生きていたらしい。これからおちついて、いよいよ、本格的な仕事をやるんだと、張り切っていたそうであるが。

谷中さんは、天涯孤独のうちに、誰も知らぬ間に、息を引きとっていたのである。如何にも、谷中さんらしい往生である。

焼野原まだ訪れぬかぼちゃ塚

（『関東文芸』昭和二〇年代）

内田百閒作品

予科時代

私が法政大学に在職中、予科の或る組を三年間受持った事がある。主任の先生であると云う威圧の上に、落第の最も多い独逸《ドイツ》語の時間を、学年によって一週間七時間乃《ない》至《し》十時間、外国人と私とだけで担任したのだから学生は頭が上がらなかったに違いない。おまけに私は官僚的で高圧的で且つ我儘《わがまま》であったらしい。授業の初めには、みんなが揃って起立してお辞儀をしなければ承知しなかった。午後の時間が二時間続いている時など、私はよく二十分も三十分も、或《あるい》はもっと遅れて行く時があっても、みんなぶうぶう云いながら待っていた様である。そう云う時は、間の休みの時間をぶっ通して、それから最後の鐘が鳴っても、私のやろうと思った所までは必ず進めるし、当てられた学生が愚図愚図して埒《らち》が明かなければ、いつまでも起《た》たしておいて追究をゆるめなかった。

初めの内は学生の方で不平に思っていたに違いないが、長い間にいつとはなくそう云う私の性分を呑み込んだ様子で、私が教室に出ても滅多に腹をたてる様な事はなくなった。又私の方でも初めはどれもこれもみんな碌《ろく》でなしの不良少年の集団の様に考えていた級の中に、段段一人一人の味わいが出て来て、特に云う事を聴かないのや、あんまり出来ない連中に親しみを覚えるような気持になりかけた。

その汐合《しおあい》を見計らって、学生がそろそろ悪戯をやり出した。私が高等学校の生徒の時にやった悪戯は、多くは先生を目標にしたのだけれど、その級の連中のは仲間うちでお互同志にやっているのが、時時私に知れて私がその巻きぞえを喰い、教壇の上で苦い顔が保てなくなると云う様な事が多かった。朝十時の時間に鐘が鳴ってから、少し早目に行く事があると、いつでも教室のあちらこちらで弁当を食っている学生があって私の姿を見ると、急いで蓋をして机の下に入れてしまう。初めは朝飯を食わずに来たのだろうと考えていたところが、段段そう云う事をする者の数がふえて来る様なので、どう云うわけで今頃弁当を食うかと尋ねて見たら、その中の一人が、早くたべておきませんと、お午《ひる》までには、おかずをみんなに食われてしまいますと云った。北村、金矢《かなや》の二人が級友に対する親愛の情を示すために、体操や合併授業でみんなが教室にいない時を見計らい、片っぱしからおかずをぬすんで食うのだそうである。それは面白いと主任教授の私が腹の中で考えたのだから、そんな事をしてはいかんなどとは云わなかった。ただ被害者の訴《うったえ》を聞くだけで、聞き流した。

二三日後の午後の時間を終って、私が教壇を降りようとすると、先生と云って伊藤が私を呼び止めた。伊藤は激越な調子で私にこんな事を云うのである。みんなのおかずを食い荒らす事は先生からそう云って止めさして戴きたいのです。おかずを食うのならまだしもいいのです。つっ突いて見て、うまくなさそうだと食わないのです。それですから僕が弁当を食おうと思って蓋を開けて見ますと、鯵《あじ》の向きが違っていました。人がいじり廻した物を食う気にはなれません、僕は折角家で入れてくれたおかずを食わずに持って帰るのは、実にすまないと思います。先生から取り締まって戴き度《た》いのです。

他人の弁当の蓋をあけて、魚の向きを変えてはいかんと訓示するのは私の任でないと思ったので、その訴もまた黙殺した。

お午の休み時間に金矢が机を寄せて、その上に午睡《ひるね》をしているところを仲間が見つけて、寝ている上に又そっと机を載せ、机の脚の間に金矢の身体を嵌《は》め込んで、その枠の前に弁当の食い残りを供え、平井が神主で告別式を行っているところへ、私が出席簿をさげて這入《はい》って行ったから、神主はあわてて新聞紙で造った烏帽子《えぼし》を脱ぎ、霊前に集まっていた平素の被害者達も急にがたがたと散って、銘銘の席に帰ったので、その物音で金矢の霊が目をさまして、あわて出した。威風四辺を払う筈の大先生も、そんなところに来合わせたのが災難で、教室の静まるのを待つ間、苦い顔を続けているわけに行かなかった。

ある時は教壇の向うの隅に空机を二つ、間を少しあけて並べてあるので、何の気もなしに見たら、その間に紙屑が一つ落ちている。そうして窓の日除《ひよけ》の紐がその傍に垂らしてあって、紐の横の壁に何か書いた紙片を貼りつけているから、つい見る気になって、教壇から降りて行って読むと御使用の前後にはこの紐を引かれたしと書いてあったので、すっかり威厳を損じてしまった。それなどは学生の方で私の好奇心を釣る様に仕掛けた罠に私が掛かったのである。見るのではなかったとすぐ後で思っても、もう及ばない。みんながかりでいろんな悪戯を考え出すのだから、種は尽きない筈である。私が教壇に起ったので、みんなその席に著《つ》いてはいるけれども、何となくざわつくから、どうしたのだと聞くと、机の中に入れておいた鞄《かばん》や包みがだれのもみんな無くなったと云った。何人かが又いたずらしたに違いないが、一体何処にかくしたのだろうと不思議がっている時、窓の側にいた学生が、あったあったと云って、日除の紐を重そうに手繰り上げた。二階の教室だったので、窓の前に一本ずつぶら下がっている紐にみんなの鞄や風呂敷包を丁寧に縛りつけて、鈴なりにぶら下げたのを窓の外に垂らした悪戯者がいたのである。平生は八釜《やかま》しく云うけれども、そう云う時は私の方が先に面白くなるので、事によれば悪戯の手伝いをしてやり度《た》い位なのだから、学生の方でも私の心底を見透かして益《ますます》いろんな事を考え出した。

（掲載誌不詳／『凸凹道』三笠書房　一九三五年十月刊）

ゾルフ大使

伯林《ベルリン》電報がゾルフ博士の訃を報じているのを読んで、十五六年昔の事を思い出した。

私は大正九年春、新大学令の施行と同時に法政大学の先生になって、独逸《ドイツ》語部を担当した。それからまだ一年もたたない内に、学課の程度は初歩の読本が読めるか読めないかと云う連中から、ゲーテのファウストを原語で上演したいから、指導して戴きたいと申出た。

台詞として暗記してしまう段になれば、むずかしいもやさしいも同じ事である。そうやって独逸語が出来上がった組立ての儘《まま》、丸呑みにしてしまうのも勉強の一助であろうと考えたから、学生達の申出を容れて、本を読んでやる事にした。聴く方では鉛筆の先を尖がらし、ほとんど全部の横文字に仮名をつけて、そのやったところだけを明日までに暗記した。

翌大正十年の春、新校舎の出来上がった講堂開きのお祝いを兼ねて、学生の独逸語芝居を上演する事になった。出し物はゲーテのファウスト中の一節「アウエルバハの窖《あなぐら》」であるから、番組面の体裁は申し分ない。しかし出演俳優の口跡《こうせき》にいたっては、甚だ心許《こころもと》ないものがある。私は当の責任者として、うれしい様なところもあり、冷汗の出そうな気持もして、当日が近づくに従い、若い学生達と一緒にわくわくして来た。

学生が独逸語の芝居をやるのだから独逸大使を呼んで来て観せようと云う大袈裟な事を考えついたのは、私自身であったらしい、学校の当局に相談して、話が段段大掛りになって来た。独逸大使館から大使閣下はよろこんで出席せられると云う返事が来た。

ゾルフ博士はその前年、即ち大正九年に世界大戦後の最初の日本駐劄《ちゅうさつ》大使として東京に来任したのである。戦争には負けたし、また日本の敵方であった関係上、当時は世間一般に独逸の受けが悪かったので、私共の気持の中には、そう云う国の大使に、若い学生達の懐《いだ》いている親愛の情を示して上げたいと云うところもあった。そう云う点が一脈先方にも通じたと見えて、ゾルフ大使は随員を連れて学生席の中に陣取り、ふらふらのファウストを感心した様な顔をして見物した揚句に、御自分でその舞台に上がって、好意を感謝する意味の演説をした。

音楽部の学生達が管絃の合奏で「萊茵《ライン》の守」を斉唱し、満堂の学生が破れる様な拍手を送った。敗戦国の大使にはファウストの学生芝居以上にうれしかったかも知れない。講堂一ぱいにあふれている学生達に会釈を返し返し、大使は退席した。

私共も学生達もみんな、ゾルフ大使が好きになって、人の二倍もある様な大きな顔に何ともいわれない親しみを感じた。

すると二三日後に教授室の中で大変な騒ぎが起こった。仏蘭西《フランス》の大使館員で学校の語学教師を兼ねている仏蘭西人が、その話を聞いて非常に腹を立て、いきり立って止《し》まりがつかなくなったらしい、私共の仲間の独逸語の若い教師に、仏蘭西語も解る男がいて、それが相手につかまったのである。何かこちらから一言二言云ったので、なおの事向うをあおり立てたのだろうと思う。その仏蘭西人は真赤になって目を釣り上げて、日本の不信を責め立てた。仕舞に相手の日本人を本戸棚の前にぎゅうぎゅう押し詰める様な勢いで、わめき立てた。

そう云う騒ぎがあったので、仏蘭西大使館からも、相当の奨励をしなければいけないと云う事になったのであろうと思う、数年後仏蘭西からジョッフル元帥の来朝した時には、わざわざ学校を訪問したし、また年年の卒業式に学校から与える優等賞の外に、仏蘭西語のよく出来た学生には大使館から御褒美が出る事になっている。英語や独逸語の学生はよくできてもなんにも貰えない。

（『名古屋新聞』一九三六年二月九日）

冥途

高い、大きな、暗い土手が、何処から何処へ行くのか解らない、静かに、冷たく、夜の中を走っている。その土手の下に、小屋掛けの一ぜんめし屋が一軒あった。カンテラの光りが土手の黒い腹にうるんだ様な暈《かさ》を浮かしている。私は、一ぜんめし屋の白ら白らした腰掛に、腰を掛けていた。何も食ってはいなかった。ただ何となく、人のなつかしさが身に沁むような心持でいた。卓子の上にはなんにも乗っていない。淋しい板の光りが私の顔を冷たくする。

私の隣りの腰掛に、四五人一連れの客が、何か食っていた。沈んだような声で、面白そうに話しあって、時時静かに笑った。その中の一人がこんな事を云った。

「提燈をともして、お迎えをたてると云う程でもなし、なし」

私はそれを空耳で聞いた。何の事だか解らないのだけれども、何故だか気にかかって、聞き流してしまえないから考えていた。するとその内に、私はふと腹がたって来た。私のことを云ったのらしい。振り向いてその男の方を見ようとしたけれども、どれが云ったのだかぼんやりしていて解らない。その時に、外の声がまたこう云った。大きな、響きのない声であった。

「まあ仕方がない。あんなになるのも、こちらの所為《せい》だ」

その声を聞いてから、また暫らくぼんやりしていた。すると私は、俄《にわか》にほろりとして来て、涙が流れた。何という事もなく、ただ、今の自分が悲しくて堪らない。けれども私はつい思い出せそうな気がしながら、その悲しみの源を忘れている。

それから暫らくして、私は酢のかかった人参葉を食い、どろどろした自然生《じねんじょう》の汁を飲んだ。隣の一連れもまた外の事を何だかいろいろ話し合っている。そうして時時静かに笑う。さっき大きな声をした人は五十余りの年寄りである。その人丈《だけ》が私の目に、影絵の様に映っていて、頻《しき》りに手真似などをして、連れの人に話しかけているのが見える。けれども、そこに見えていながら、その様子が私には、はっきりしない。話している事もよく解らない。さっき何か云った時の様には聞こえない。

時時土手の上を通るものがある。時をさした様に来て、じきに行ってしまう。その時は、非常に淋しい影を射して身動きも出来ない。みんな黙ってしまって、隣りの連れは抱き合う様に、身を寄せている。私は、一人だから、手を組み合わせ、足を竦《すく》めて、じっとしている。

通ってしまうと、隣りにまた、ぽつりぽつりと話し出す。けれども、矢張り、私には、様子も言葉もはっきりしない。しかし、しっとりした、しめやかな団欒を私は羨ましく思う。

私の前に、障子が裏を向けて、閉《た》ててある。その障子の紙を、羽根の撚れた様になって飛べないらしい蜂が、一匹、かさかさ、かさかさと上って行く。その蜂だけが、私には、外の物よりも非常にはっきりと見えた。

隣りの一連れも、蜂を見たらしい。さっきの人が、蜂がいると云った。その声も、私には、はっきり聞こえた。それから、こんな事を云った。

「それは、それは、大きな蜂だった。熊ん蜂というのだろう。この親指ぐらいもあった」

そう云って、その人が親指をたてた。その親指が、また、はっきりと私に見えた。何だか見覚えのある様ななつかしさが、心の底から湧き出して、じっと見ている内に涙がにじんだ。

「ビードロの筒に入れて紙で目ばりをすると、蜂が筒の中を、上ったり下りたりして唸る度に、目張りの紙が、オルガンの様に鳴った」

その声が次第に、はっきりして来るにつれて、私は何とも知れずなつかしさに堪えなくなった。私は何物かにもたれ掛かる様な心で、その声を聞いていた。すると、その人が、またこう云った。

「それから己《おれ》の机にのせて眺めながら考えていると、子供が来て、くれくれとせがんだ。強情な子でね、云い出したら聞かない。己はつい腹を立てた。ビードロの筒を持って縁側へ出たら庭石に日が照っていた」

私は、日のあたっている舟の形をした庭石を、まざまざと見る様な気がした。

「石で微塵に毀《こわ》れて、蜂が、その中から、浮き上がるように出て来た。ああ、その蜂は逃げてしまったよ。大きな蜂だった。ほんとに大きな蜂だった」

「お父様」と私は泣きながら呼んだ。

けれども私の声は向うへ通じなかったらしい。みんなが静かに起《た》ち上がって、外へ出て行った。

「そうだ、矢っ張りそうだ」と思って、私はその後を追おうとした。けれどもその一連れは、もうそのあたりに居なかった。

そこいらを、うろうろ探している内に、その連れの立つ時、「そろそろまた行こうか」と云った父らしい人の声が、私の耳に浮いて出た。私は、その声を、もうさっきに聞いていたのである。

月も星も見えない。空明りさえない暗闇の中に、土手の上だけ、ぼうと薄白い明りが流れている。さっきの一連れが、何時の間にか土手に上って、その白んだ中を、ぼんやりした尾を引く様に行くのが見えた。私は、その中の父を、今一目見ようとしたけれども、もう四五人の姿がうるんだ様に溶け合っていて、どれが父だか、解らなかった。

私は涙のこぼれ落ちる目を伏せた。黒い土手の腹に、私の姿がカンテラの光りの影になって大きく映っている。私はその影を眺めながら、長い間泣いていた。それから土手を後にして、暗い畑の道へ帰って来た。

（『新小説』一九二一年一月号）

大尉殺し

山陽線鴨方駅の待合室に、四五人の男が腰をかけたり起《た》ち上がったりしている。影が固まって動き出したような風で、顔にも姿にも輪郭などはなかった。丸い火屋《ほや》のかかった大きな釣洋燈《つりランプ》が天井から下がっていて、下を向いた赤い燄《ほのお》の伸びたりちぢんだりする度に、薄暗い部屋が、膨らんだり小いさくなったりする様に思われた。辺りの様子が重苦しく又眠たそうであった。

ぼんやりした塊りの中から、鳥打帽を被って二重廻しを著《き》た男が出て来た。はっきりした姿で、出札口の前に出て、その上に懸かっている時計を見た。それから二重廻しの前をあけて、袴《はかま》の下から金側の時計を出した。

あれが殺される大尉だなと私は思った。

待合室の外に、ごうごうと云う音がしている。大きな風のかたまりが、同じ所を往ったり来たりしているらしい。それから急に辺りが明かるくなったと思ったら、大尉がまともに此方《こちら》を向いた。幅の広い顔に大きな髭が生えている。二重廻しの前をひろげた儘《まま》、帯の間に手を入れて、ゆうゆうと待合室の中を歩いている様子が、却《かえっ》て今じき殺される人の姿らしく思われて恐ろしかった。

出札口があいて、中から声がした。「上り姫路行」と云ったらしい。隅隅に居た人の姿が動き出して、その前に団《かた》まった。大尉はもとの所にいて、そっぽを向いている。何故だか大尉のそうしているのが私は不安であった。どうせ殺されるに極《き》まっていても、矢っ張り私はいらいらする様な気がした。

今までと違った強い風の音がした。木を擦るような音だった。その時、一人の男が待合室に這入《はい》って来た。竪縞《たてじま》の著物を著て、懐手《ふところで》をしている。色が白くて、美しい顔だけれど、額が暗かった。外を歩いて来たままの足どりで、大尉の前を通って、薄暗い隅に這入って行った。

弁当売りが何処からか出て来て歩いている。大尉はみんなの済んだ後で出札に行った。「岡山まで中等」と云ったに違いない。懐の金入れから、金を払っている。いつの間にか竪縞の男が大尉の傍に起っていた。

それから大尉は改札の方へ行った。改札口の辺りは薄暗くて、ただプラットフォームの柱が一本だけ、白ら白らと起っていた。大尉の姿は、そのぼんやりした薄闇の中にわからなくなってしまった。すると竪縞の男が切符を買っていた。大尉がいなくなったら、またこの男の姿が濃くなって、そのいる辺りまではっきりして来た。そうして「中等岡山まで」と云った。この男が大尉を殺すのだと私は思った。大尉よりはやさしそうで、年も若く無理なように思われたけれど、矢っ張りそれに違いなかった。竪縞の男が弁当を買っている。そうして弁当の折を手拭に包んだ。あたりにだれも人がいなかった。弁当売りと竪縞の男と二人だけで何だか話をしている。何を云っているのだか解らない。或《あるい》は人に聞かれない様に話しているらしくもあった。弁当売りが大尉殺しの仲間なのかも知れなかった。不意にまともを向いた時、その目を見たら、下瞼《まぶた》が前に出て受けた様になってる奥に、目の玉が動いて恐ろしい光を放った。

風の吹いている闇の中を、夜汽車の近づく響が伝わって来た。私はその音をきいて身ぶるいした。大尉は何のために殺されたのだか知らない、三十年も或はそれよりも昔の話だから、聞いてもそんな事は解らなかったに違いない。ただ鴨方から岡山までの、二時間に足りない夜汽車の中で、大尉が殺されていた。遠くの山裾を伝う夜汽車の汽笛を聞いても、私は恐ろしかった。

汽車の窓が妙なふうに動いている。いくつもいくつも目の前を通っては又同じ窓が帰って来る。私は恐ろしさに身動きも出来なかった。竪縞の男の弁当を食っている横顔が見えた。大尉がそれに向かって腰をかけているのが窓から見えた。高梁川《たかはし》の土手には、鉄橋の上手に一かたまりの藪がある。暗闇の中で藪が大きく動き出した。いつ迄も遠くに響ばかり聞こえる夜汽車を、おびき寄せている様に思われる。夜汽車の窓に大尉の顔が大きく写った。汽車が藪の陰まで来た。竪縞の男が起ち上がって大尉の上にのしかかった。大尉が二重廻しを著たままで抵抗している。二つの男の影がもつれて来た。細い、青い光りが二つの影の中に見えたり隠れたりする。汽車が恐ろしい音をたてて、鉄橋を渡った。土手の藪の中にその響が残って、汽車の行ってしまった後まで、藪はいつまでもごうごうと鳴りながら、ゆらゆらと動いて止まらなかった。

（『女性』一九二七年六月号）

山高帽子

私は厠《かわや》から出て来て、書斎の机の前に坐った。何も変った事はないのに、何だか落ちつかなかった。開け放った窓の外に、夕方の近い曇った空がかぶさっていた。大きな棗《なつめ》の枝に薄赤い実がなっている。私はその実の数を数えながら、何となく頻《しき》りにそわそわした。今出て来た厠の中に、何人かいる様な気がした。何人かが私を待っているらしく思われた。

家の中には私の外に、誰もいなかった。みんな買物や使いに出たきり、まだ帰って来なかった。近所の家から、何の物音も聞こえなかった。日暮れが近いのに辺りは静まり返っていて、ただ遠くの方で、不揃いに敲《たた》く法華《ほっけ》の太鼓の音が聞こえるばかりであった。私は淋しい様な、どこかが食い違った様な気持で、頻りに厠の中を気にした。

その時、窓の外の、庇《ひさし》を支えた柱を、家《うち》の猫が逆に爪を入れながら、がりがりと音をたてて下りて来た。そうして私の向かっている窓の敷居に飛び下りて、こちらを見た。私がじっとその顔を見ていると、猫は暫らくそこに起ったまま、私を見返して、それから、何か解らないけれども、意味のあるらしい表情をして、そうしてふと目を外《そ》らすと、そのまま開け放してある入口の方に行った。私はその後姿を見て、いやな気持になった。猫は短い尻尾を上げたり下ろしたりしながら、廊下を向うの方へ、そのそと歩いて行った。私は段段不安になって、早くどうかしなければいけない様な気がし出した。猫はその廊下を突き当って、左に曲がるらしい。曲がった所に厠がある。

「一寸《ちょっと》待て」と云う声が、私の咽喉から出そうになって、私は吃驚《びっくり》した。そうして、水を浴びた様な気がした。

するとと、猫が立ち止まって後《うしろ》を向いた。私の方を見ながら、二三歩返って来た。

「何だ」と云った様に思われた。

「この野郎」と思うと同時に、私は夢中で机の上の文鎮を取り上げた。すると猫はその途端に廊下の向うで一尺許《ばか》り飛び上がった。そうして、その儘《まま》一方の庭に下りて、何処かへ行ってしまった。

私は文鎮を握ったまま起ち上がった。猫の歩いた廊下を歩くのがいやだった。廊下の突当りまで行って見ると、さっき出る時、閉めておいた筈の厠の外側の戸が少し開いている。

「おや」と思った拍子に、ふと後を振り返ったら、塀を隔てた隣りの庇の上に猫がいて、此方《こちら》を見ていた。私は急いで厠の中に這入《はい》って見た。内側の戸はちゃんと閉まっていた。そうしてその中の、閉め切った窓の磨硝子《すりガラス》の面に、恐ろしく脚の長い蚊蜻蛉《かとんぼ》が一匹、脚を曲げたり、羽根をぶっつけたりしながら、頻りに外に出たがっていた。私が片手で窓の硝子を開けると、蚊蜻蛉は、あわてた様にその格子の間から飛んで行った。

私は厠を出て、自分の部屋に帰って来た。もう隣りの庇に猫はいなかった。間もなく家の者が前後して帰って来た。そうして、気がついて見ると、近所の家からも色色の物音や人声が聞こえていた。

夕食の膳《ぜん》についた時、猫はどこからか帰って来て、穏やかな顔をして片隅に坐っていた。外には雨がざあざあと降っていた。

私は毎朝学校に出かけて行くのが、段段億劫《おっくう》になった。教授室に集まって来る同僚の顔を見るのも面倒臭く、教室で見る学生の顔は一層うるさかった。なるべく教室に出る時刻を遅らし、そうして時限の前にどんどん帰ってしまう様になった。道で擦れ違う人の顔も、電車の中で向う側の腰掛に並んだ人の顔も、どれを見てもみんな醜くて、薄っぺらだった。

人ごみを逆に通り抜けると腹が立った。だから道を通る時は、なるべく左側を守って、人の後姿ばかり見て歩くようにした。その癖そうして行くうちに、どうかしてその人を追い越す時は、きっと後を振り返って、その顔を見なければ気がすまなかった。すると何人でも申し合わせたように、急に鋭い目を輝かして、私を見返した。

そうして家に帰ると、じっと自分の机の前に坐りつくして、夜になるとじき寝てしまう。大儀になれば、昼のうちからでも寝込んでしまう。

もと支那人の合宿所だったとか云う借家なので、間取りの工合が変だった。二階は一間きりで、それが十二畳半だった。縁側の敷居の真中にある柱は、板の覆いで包んであり、畳は高低がそろわなくて波が打っていた。その座敷の北窓に近く寝床を敷いて、私は昼でも、夜でも暇さえあれば、ぐうぐう寝ていた。そうして又寝床に這入りさえすれば、いくらでも寝られた。家の者から、この頃は恐ろしく大きな鼾《いびき》をかくと云われて、それを聞くたびにいやな気持がするのだけれど、しかしその声は、いつ迄たっても、私の耳に聞こえるわけはなかった。

どんなに早く寝ても、朝は起こされなければ目が覚めなかった。そうして、いつも寝不足の気持で学校に出かけた。

同僚の顔が、段段きたなくなる様に思われた。偶然向かい合せに坐っている相手の顔をつくづく見ていると、どう云うわけでこんな顔なのだろうと思い、急に吹き出したくなる事が屢《しばしば》あった。

「何です」と、ある時相手の男がいやな顔をして云った。

「そう聞かれると困るんだけれど」

私はそれだけ云って、こみ上げて来る笑いを制する事が出来なかった。「君が小汚い顔をしてこっちを向いてるもんだから」

その、年の若い教師は、少し顔を赤くして云った。

「青地さんはこの頃少しどうかしているんですよ。大丈夫ですか」

そこへ別の同僚が仲間入りをした。

「面白そうですね、何です」

「青地さんが僕の顔を見て、いきなり笑い出しちゃったんです」

「成程ねえ、可笑《おか》しな顔だ」

「どこが可笑しいんです」

「何処って云う事もないが」私が説明した。「目でも鼻でもちゃんと当り前の方に向いて納まってるからさ」

若い教師は頭を抱えて、他の席に逃げてしまった。その後へ今の、も一人の同僚が坐って、私と向き合った。

「貴方の顔は長い」と私が云った。

「貴方の顔は広い」相手は負けていなかった。

「一月ぐらい前から見ると、倍ですよ」

私は自分の事を云われたので、漸《ようや》く笑いが止まった。同時にあぶくが潰《つぶ》れて、苦い汁が出た様な気がした。

「寝てばかりいるから太るんですよ」と真面目になって説明した。

「いやいや、それは太ったと云う顔ではありません。ふくれ上がっているのです。はれてるんです。むくんでるんです」

私は思わず自分の顔を撫でた。

「そう。もう一息で、のっぺらぽうになる顔です」

相手はそう云って、椅子の背に反り返った。

その晩、私は顔の長い同僚に宛てて手紙を書いた。その文案を練る為に、学校から帰って丸半日を潰したのだった。

「長長御無沙汰致しました申し度《た》いところ長ら、今日ひるお目にかかった計りでは、いくら光陰が矢の如く長れてもへんですね。長長しい前置きは止めて、用件に移りたいのですけれど、生憎《あいにく》なんにも用事が長《がな》いのです。止むなく窓の外を長めていると、まっくら長《なが》ラス戸の外に、へん長らの著物《きもの》を著た若いおん長たっているらしいのです。びっくりして起ち上がろうとすると、女は私の方に長し目をして、それきり消えました。私はふしぎ長っかりした気持がしました。同時に二階の庇でいや長りがりと云う音が聞こえました。おん長のぞいたのは、家の猫のいたずらだったのでしょう。秋の夜長のつれづれに、何のつ長りもない事を申し上げました。末筆長ら奥様によろしく」

私はこの手紙を書き終ると、自分で近所のポストまで出しに行った。そうして、そこいらをぶらぶら歩き廻って来た。出してしまった後までも、その文章は、繰り返し繰り返し頭の中に甦って来て、歩きながらその妙味を味わうのが愉快だった。

翌《あ》くる日は、私の学校に出ない日だった。その次の日に、教授室で手紙をやった同僚にあったら、

「あのお手紙には一本まいりましたね。しかしそんなに長いですかねえ。自分では立派に均斉が取れてるつもりなんだけれど」

「立派な芸術ですよ。だから」

「解りました、解りました。だから ars longa だと云うのでしょう」

そんな事を云って、面白そうに笑った。

後になって聞いたら、その同僚は、私の懇意なある先輩に向かって、「青地さんは用心しないといけませんよ。どうもあの偏執するところが当り前じゃありませんね」と云ったそうだ。

私は、そう云う事に、素人の知ったかぶりを振り廻されるのは随分迷惑だった。そうして、何とも云われない、いやな気持がした。

十二月の初《はじめ》に細君の妹が死にかけた時、その病院の前の蕎麦屋《そばや》の二階で、私と細君とが話しをした。ひとりでに声が小さくなって、ひそひそ話になった。

「どうして、昨夜はあんな事を云ったのでしょう」

「どんな事を云った」

「聞いていらしたのではないんですか。お台所の戸棚に鱈《たら》の子があるから、兄さんに上げて下さいって」

「兄さんて己《おれ》の事かい」

「そうらしいんですの。そう云ったきり又寝てしまったから、よく解らないんですけれど、中野の兄の事ではないと思いますわ。だけど、うちに鱈の子なんかあったか知ら」

「有るじゃないか」

私がそう云ったら、細君が私の顔を見た。それよりも、私自身が、云った後で吃驚《びっくり》した。鱈の子があるかないか知りもしないで、うっかりそんな事を云ってしまった。

「どうしたんだろう」と云って、私は苦笑いをした。

「この二三日ろくろくお休みにならないから、きっと神経衰弱ですわ」

「ぼんやりしてるんだね。しかし本当にもういけないのだろうか」

「今日はお午過《ひるす》ぎから目に光沢《つや》がなくなっています」

「見える事は見えるんだろうね」

「どうですか。私達を見てるようにも思うんですけれど、何だかよくわかりませんのね」

その時、急にチャブ台の上の電気がついた。

しかし外にはまだ夕方の変に明かるい光が残って、屋根瓦の重ね目の陰を、一つ一つ墨で描いた様に濃くしていた。

「それに、小鼻の形が変って来たように思うんですけれど」

細君は、片手でそろそろ丼を重ねていた。

「十九で死んでは可哀想だな」

「でも事によると、もう一度は持ち直すかも知れないと云う気もしますわ」

「何故」

「何故って」

「駄目だよ」

私は真蒼《まっさお》になって細君の顔を見た。それと同時に、細君の「あれ」と云う声が、引く息で聞こえた。そうして丼が二つに破《わ》れていた。

「駄目だよ」と云ったのは、私ではなかったのだ。

「それは君が云ったのさ。しかしそれにしても危《あぶな》いね。自分の考えていない事をいきなり云ったり、自分の云った事が他人の声に聞こえたりするのは、もうそろそろ本物だよ、君」

野口はそう云って、恐ろしく指の長い両手を、くねくねと変なふうに揉んだ。彼のまわりには、帯封をしたままの雑誌や、綴じ目の切れた画帖などが乱雑に積まれて、その間にゴールデン・バットの函《はこ》が五つも六つも散らかっている。野口はその函から、手当り次第に巻莨《まきたばこ》を抜き出しては、又もとと違ったところへ投げ出して置くらしい。

「怖《こわ》いねえ、用心したまえよ」と野口が又云った。本当に怖そうな顔をしている。

「大丈夫だよ。どうも君にはこんな話は出来ない」

「だって君、今の話なんぞは、既に怪異や神秘の領域を超えているからね。君の奥さんだってびっくりするだろうよ。その時の君の顔を想像した丈でも僕はいやだね」

「しかしフラウもその声を聞いたと云うんだぜ」

「その声と云うのは君の声なんだ」

「そうじゃないよ。第一、僕の声を聞いて吃驚する筈がない」

「奥さんが驚いたのは君の顔附きさ。しかしだね、万一本当に君が云ったのでなかったとしたら、一層怖くなるよ」

「だから恐れているのさ」

「いやいや君の云う意味とは違うのだ。もし本当に君の声でなかったとすれば、君には既に幻聴が現われているんだ。いよいよ本物だね、おどかしちゃいけないよ」

野口はそう云うと急に寒そうな顔をして、どう云う了見だか、机の向うにころがっていた麻姑《まご》の手を、一生懸命に手を伸ばして取り上げた。そうして無暗《むやみ》に振り廻している。

五六年前に死んだ祖母が、夜明けに餅を焼いてくれる夢を見たら、朝起きてから胃が痛かった。

　それはつまり、寝ているうちに胃が痛んだので、そんな夢を見たのだろうと考えて見たけれど、そうでもないらしい。現にその前の晩寝るまでは何事もなく、又後で胃の痛み出すような原因を思い出す事も出来なかった。だから目がさめた後私はいつ迄もその夢にこだわり、なつかしい祖母がついそこに、襖《ふすま》の向うにでもいる様な気がした。祖母はしきりに餅を裏返しながら、もっとお食べ、もっとお食べと云って焼いてくれた。餅の焦げる香ばしい匂いが、まだ鼻の奥に残っている様に思われた。丁度年末の休み中だったので、私は午過《ひるす》ぎまで愚図愚図した揚句《あげく》、久し振りに祖母のお墓に行って見ようと思い出した。寒いので洋服を著て、洋服には必ず山高帽子をかぶる事にしていたから、山高帽子を被り、洋杖《ステッキ》をついて町外れの墓地へ行くうちに、今まで薄日の射していた空にすっかり重たそうな雲が覆いかぶさって、その雲の層の厚みが不揃なため、ところどころ赤味を帯びた陰が出来た。それが辺りの暗い雲に映えて、云いようもなく無気味だった。しかし、暫らく歩いている内に、その赤雲も忽《たちま》ち消えて、場末の往来は急に暗くなって来た。そうして思い出した様に吹く風に散らされたまばらな雨が、ぱらぱらと降り出した。私は墓地の入口まで行かないうちに、今日のお墓詣りは止めたくなった。それは雨の為ではなかった。しかし、鬱陶《うっとう》しい天気に致された所為《せい》か、段段に祖母の思い出が新らしくなって、いつの間にか瞼の裏に涙がたまっていた。私は急に気をかえて、墓地の外郭を斜にそれる道をどんどん降りて行った。そうしてその丘を背に負った銀杏《いちょう》の森の中にある大きな料理屋の前に出てしまった。

私は何の躊躇もなく、その中へ這入って行った。前に友人と何度か来た時の顔なじみの女中が座敷に案内した。家の中には、もう燈《あかり》が点いていた。

「入らっしゃいまし、今日《きょう》はお一人ですか」

私はその座敷に通ると、急に変な、はしゃいだ気持になった。墓参を止めて、こう云う所に来た事が、その気持をあおるらしい。

「いや、二人だ」

「お後《あと》から入らっしゃるのですか」

「そこにいるじゃないか」

「まあ気味のわるい。いけませんよ、そんな御冗談仰《おっ》しゃっては」

私は口から出まかせの出鱈目が止められなかった。

「ええと僕はこちらへ坐ろう。その手套《てぶくろ》のようなものを取りたまえ」

「まあいやだ、こちらは。どうかしていらっしゃるんですか」

私は急に女中の方に顔を向けて云った。

「心配するな、今日は少し鬱しているんだから、御馳走してくれたまえ」

女中は無気味な顔をして、下りて行った。

間もなく、今度はお神が火鉢とお茶を持って来た。女中が何か云ったらしい。

「入らっしゃいまし」

「今日《こんにち》は」

「何だか降り出しました様ですのね」

「そうらしいですね」

「お濡れになりませんでしたの」

「いや僕の方《ほう》には風が吹かなかったから」

お神が「はてな」と云う顔をした。私にはそう思われて、益《ます》々《ます》面白そうだった。

「お竹さんが気味わるがってるのですよ。何かおからかいになったのでしょう」

「ううん、冗談云ったのですよ。あの人は馬鹿だな、いい年をして。それでお神さんがいらしたのですか」

「いいえそんな馬鹿な、いつも入らして頂いているのに、じゃいつもの人達をお呼び致しましょうね、どうぞ御ゆっくり」

そう云って、お神は何でもない顔をして降りて行った。

いつもの人達は、今まで私達の席に二三度侍《はべ》った芸妓二人と半玉《はんぎょく》一人だった。

それから、女中がわざとにこにこした様な顔で、お酒を持って来た。

「小ゆかさんも小えんちゃんもいないのですよ。〆寿さんは今じき明きますから、間もなく伺いますって。こちらは、それでよろしいのでしょう」

「こちらはそれでよろしいけれど」

「お連れの方《かた》の思惑ですか」

「黙ってろよ、今折角《せっかく》」

「何ですの」

「又出て来たら、うるさくって仕様がないじゃないか。いやだなあ。いいよ。よせよ」

「まあ気味のわるい。本当に今日はどうかしていらっしゃるのね」

それから一時間許りも酒を飲んで、いろんな物を食い散らした頃、漸く芸妓が来た。出ているると云った年下の方も一緒で、矢っ張りいつもの二人だった。

「さて」と私が云った。もう大分酔っていた。

「なに」と二人がきいた。

暫らくして、「変なのね、後を何も仰《おっ》しゃらないの」と年上の〆寿が云った。

「いや今、あんまり静かだから」

「それはこちらが何も仰しゃらないからよ」

「そうじゃない、この家の外《そと》が静かなのさ」

「本当ね、しんとしているわね」

「しんと云う音が聞こえるだろう」

「あら、そんな音は聞こえやしないわ。何も聞こえないから、しんとしてるのじゃないの」

「僕には聞こえるんだがなあ」

私はたて続けに二三杯酒を飲んだ。小ゆかと云う年下の方のが酌をしながら、私の顔をじろじろ見ている。

「何だかこちらは少しお肥《ふと》りになった様ね」

「ううんそうじゃない。顔が大きくなるのだ」

「どうしてですの」

「どうしてだか知らない」

「何だか今日は少し変なのね」と年上が口を出した。「下でお竹さんがそう云ってたわ」

「気違いなのか知ら」と小ゆかが面白そうに云った。

「気違いと云えば、あたし気違いさんに呼ばれた事があるわ。お二人連でいらしたのよ。一人の方がそうらしいの。あたし知らないもんだから、その方《かた》の方《ほう》へ御挨拶したのよ。そっぽ向いて、知らん顔してるじゃないの。それからいかがですってお酌しようとしたら、ひょいと頸を縮めて、左手でチャブ台の上に何だか英語の様な字を書き出したの、それが高高指《たかたかゆび》じゃないの。その恰好ってないのよ。あたし始めて、はてなと思ったわ」

「それからどうして」と小ゆかが乗り出した。

「お連れの方はただにやにやしていらっしゃるのよ。後でその方がお下《しも》にいらした時、あの男は少し頭が労《つか》れてるんだから、へんな事を云っても気にしないでくれって云うんでしょう。でも気にするわねえ。一緒に端唄《はうた》なんか歌ってくれって、気違いさん中《なか》中《なか》うまいのよ、一生懸命歌ってるかと思うと、不意に止《や》めて、鴉《からす》がいますねって話しかけるんですもの」

「鴉がどうかしたの」

「ええほんとに鴉が飛んだの、お昼のお座敷なのよ、だからお庭にでもいたらしいのね。その影がさしたら、もうそれで歌はお止めなの。あたし何だか気をつかって、つくづく労《つか》れてしまったわ」

「愉快だなあ」

私は小ゆかのお酌を受けながら、面白くなって来たので、大きな声を出した。

「あら又こちらは変によろこんじゃったのね」小ゆかが云った。「おつむりが少し労れていらっしゃるらしいわ」

「おつむりは今朝からじんじく痛んでる」

「順序よくって」

「順序よくじゃあない、じんじく痛いのさ。だから少しお酒でも飲んで見ようと思って来たら、早速気違いの話だろう。しかし気違いさんのおなじみは乙《おつ》だ。面白いね」

「ええ全くよ」〆寿は、私のやった盃を受けながら、云った。「それから後《あと》、まだ二三度も呼ばれましたわ、いつでもお二人なの、あぶないからでしょうね。そのうちに段段馴れて来て、いろんな事を云うんですの」

「どんな事を云うのだい」

「どんな事って、いろんな事を云うんですけれど、そんな時はちっとも変ったところなんかありませんわ。あなたのおうちは、どちらの方角だなんて聞きますの。それから、どこかの大学の先生だったらしいんですけれど、語学の先生って何を教えるんでしょう」

「語学って外国の言葉を教えるのさ」

「ああそうそう、そんな事云っていましたっけ、言葉は便利なもので、今私がお茶って云ったら、あなたはそこで先《ま》ず右手を動かして、急須の蓋を取り、左手でどうとかして、又右手でお茶椀を取って、それにお茶をついで、そうしてその右手で以《もっ》てそのお茶椀を私の前に出した。お茶っと云った丈《だけ》で、これだけの事が出来るとか何とか、そんな事を六ずかしい言葉で云うのでしょう。そんな事云われると、あたし一寸手を動かすのも気ぶっせいで困っちまうわ」

「面白いねぇ」

「それはいいんですけれどね、困った事には何かと云うと人をつねるのよ。今の歌は気に入ったとか、あなたの様な人を妻にしたいとか、そんな事を云いますの。その度に、ぎゅっぎゅっと手でも膝でも、手あたり次第につねられるので、ひやひやしちゃうわ。その方《かた》に限らず、気違いと云う程でなくっても、何となく変なお客様ってちょいちょいあるものよ。そんな方《かた》はきっと人をつねりますのね」

「己《おれ》も少少つねろうかな」

「全くよ、こちらも少しはつねりかねない方《ほう》らしいわね。それからもう一つ、その方《かた》はいつもいらしても、山高シャッポなのよ。変なものねえ、お帰りの時の、その様子ったら、矢っ張りどこか変な方は、あんなものを被りたがるらしいわね」

私は、急に顔がつめたくなるのを感じた。しかし、それは決して相手の云った事を恐れたのではなかった。ただ、私の根もない冗談の引込みがつかなくなったに過ぎないのだ、私には、そんな事を気にする理由は、勿論何もなかった。

「己だって山高帽子だぜ」

私は帰る時にわざわざ披露した。

「だってこちらはお立派よ」と年下の方が取りなす様に云った。

私は昔から山高帽子が好きで、何処へ行くにも被り廻った。

私の卒業後、最初に奉職した学校が陸軍の学校だったので、服装の点が特に八釜《やかま》しく、その当時から山高帽子をかぶり始めたのだった。

就任匆匆《そうそう》、主任が私に申し渡した。

「本校教官の制服はフロック・コートが原則でありますが、平常はモーニング・コート、或《あるい》は地味な色であるならば背広服を著《き》られても大目に見ます。しかし帽子、ネクタイ等万事そのお心掛けを以て、不体裁にわたりませぬよう」

そうして、現に毎日フロック・コートを著て来る老教官が二三人はあった。モーニング・コートの若い教官もいた。窮屈な学校だなと思ったけれど、それから何年かいるうちに、私にも漸《ようや》くフロック・コートやモーニング・コートの味が解って来た。背広だとずぼんのお尻が抜けたら最後、それっきり著られなくなるけれど、フロック・コートやモーニング・コートなら、どんなに大きな穴があいていても、中からワイシャツの裾が食み出《はだ》す程になっていても、その不体裁を曝《さら》す事なく、なお厳然たる威容を調《ととの》えることが出来るのだった。

同様に、古くなっても平気でかぶれるのは山高帽子であった。それに、その学校では、講堂まで帽子をかぶって行く規則なので、埃だらけの教壇の机の上に乗っけて惜し気もなく、又そこに据えて眺めた形も、俗な中折型より山高帽子の方が、遥かに雅味があった。

その当時から私は常に、背広を著た時でも山高帽子をかぶるのが癖になった。被り馴れて見ると、非常に気持のいい帽子だった。

それから又山高帽子なら山高帽子ときめて置かないと工合の悪い事もあった。校門の出入に門衛の小使が一一起立して敬礼する。それに答える時、幾日か山高帽子をかぶった後《あと》、急に中折帽で行くと、うっかり鍔《つば》に手をかけて帽子を脱ごうとする。手ごたえがなく、ぐにゃぐにゃとなるので、あわてて天辺《てっぺん》の折り目を探さなければならない。そうかと思うと、又中折帽に馴れて、その折り目を摘まむのが癖になると、今度は山高帽子をかぶった時、丸い山に指が辷《すべ》って、うろたえてしまう。

それで私は一切山高帽子にきめて、後《のち》には学校に限らず、どこに行くにも、凡《およ》そ洋服を著る限り、必ず山高帽子をかぶるようになった。

「それが抑《そもそ》も可笑しいのだよ」と野口が誰かに云ったと云う話を聞いた。「山高帽子と云う奴はあぶないよ。二重橋からどんどん這入って行って、お廻りさんの御厄介になる連中を見たまえ、みんなきまって山高帽子を被ってるから」

その事を私に伝えた人が、笑いながらこんな事を云った。

「野口君は又無暗《むやみ》にそんな事を気にする性質《たち》だからね、僕もまさかとは思ったけれど、しかし君にしても、そう云われて見れば、あんまり安心の出来る人でもないんだから、実は少少心配してたのさ。まあそんな風でもなくて安心しましたよ」

「冗談じゃない」と云って、私は無理に笑った。笑うより外に、私は挨拶の仕方がなかった。

その陸軍の学校に広い中庭《ちゅうてい》があった。四辺を同じような二階建の寮舎と講堂とで取り巻かれた長方形の空地で、その狭い方の差し渡しでも、こちらの廊下から庭を隔てた向うの廊下を通る人の顔などはわからない位だった。長い方の距離はその三倍くらいもあった。

数年前の一月のある朝、薄い雪が降り出して、人の踏まない道端や、風を受けた側の屋根だけが、見る見るうちに白くなった。私は何かの都合で、その日は学校の裏門から這入って行った。裏門の方から私達の控室に行くには、その中庭を斜に渡るのが一番近道だった。中庭には今降ったばかりの雪が美しく積もって、まだ人の足跡もなかった。ところどころに残っている枯草の株も隠れて見えなかった。

私はその浅い雪をさくさくと踏んで、中庭を五六間も歩いたと思う時、不意に何とも知れない恐怖を感じて立ち止まった。いきなり足が竦《すく》んで動けなくなった。広い海の真中に一人浮かんだ様な気持だった。顎に迫って来る波が、目の高さにきらきらと光っている様に思われた。

私は最早一歩も先に進む事が出来なかった。進むどころではなく、じっとしていても倒れてしまいそうだった。

私はあわてて後に引き返した。そうして、三角形の二辺にあたる廊下を廻り道して、自分の控室まで来た。胸の動悸はいつ迄も静まらなかった。

煖炉《だんろ》の傍で、その話をしていたら、仏蘭西《フランス》語の教官の小林が云った。

「私なんぞはいつだってそうですよ。一人であの中庭を歩いた事はありませんね。それに今日は又特別ですよ。雪が積もって目印がなくなってるから、平生《ふだん》の広さの何倍にも感じるのですよ。しかし、それにしても、今のお話では、君にも矢っ張り広い所を恐れる傾向はあるらしいですね」

「僕はしかし今日のような気持は始めてですよ」

「尤《もっと》もそれも程度問題で、誰だって広い所は怖いに違いないけれど」

「そんな馬鹿な」と傍の同僚が口を出した。「僕なんざどんな広い所を歩いたって平気だ。広いところが怖いなんて、聞いた事がない」

「それはまだ君がその経験をしないからだ」と小林が云った。「私なんざ練兵場を入口から見ただけでも、いやな気持がする」

「どうも可笑《おか》しいな、高い所なら誰だって怖いけれどね」

「何それだって、人によって違うだろう。要するに程度問題だよ」

春になってから、その仲間の懇親会のあった時、小林はべろべろに酔っ払った。今までにも、同僚同志で酒を飲んだ機会は何度もあったけれど、その時のように小林の酔ったのを見た事はなかった。

すると又鴨志田と云う老教官が、どうした機《はず》みか非常に酔っ払って、そうして頻《しき》りに小林を呼びたてた。

「ここにお出でよ、お出でったら」と云う声に、平生聞き馴れない、いやな響きがあった。私もいい加減酔っていたので、はっきりしたいきさつはよく解らないけれど、それから小林と鴨志田の二人がぐにゃぐにゃになって、縺《もつ》れ合ったり、抱き合ったりしたらしい。しまいには、二人が顔や頸をげたげたと舐め合っていたのを見たような気がした。

後でその時の有様を思い出して見ても、何だかはっきりしないところがあった。しかし、そう云う事実を見ただけは間違いないらしかった。それが何年たっても忘れられない悪夢のように私の記憶にこびりついて、同時に私の彼と共通するらしい広所恐怖の不快な連想を促しつつ、いつまでも私をおどかして止まなかった。

私は一人息子の所為《せい》だと思うのだけれど、どうも姪だとか従兄弟《いとこ》だとか、或《あるい》はだれそれさんの片づいた先の縁続きだとか、凡《およ》そそんな話になると急にはその関係が解らない。

慶さんは、私の父が養子なので、その実家の兄の子だから、即ち私の従兄である。

その慶さんが若い時、何でも二十歳にならない頃の話だと云うのだが、急に色色の事を気にして、考え込むようになった。

「手がどうして動くのだろう。不思議だなあ」

一時は、慶さんの気が触れたと云う噂もあったらしい。

しかし、それでどうなったと云うのでもない。間もなく直ってしまって、今も達者である。

私は後になってその話をきいて、どこが変なのだか解らないと思った。手が何故動くかと云う事も、考え様では不思議な話だ。又そう思って見れば、人間の手ぐらい目まぐるしいものはない。朝から晩まで、動き通しにちらくら動いている。おまけに尖《さき》が各五本の指に裂けて、その又一本ずつが、めいめい勝手な風に曲がったり、からまったり、不思議な運動を続けている。しかも大概の場合、本人はそんな事に気づかないから、手や指は本人の意識と無関係に、ぴくぴくはねたり、うねくね曲がったりしているのだ。不思議でもあり又無気味でもある。

「君のような手を見ると、なおの事そう思う」と私はある時、野口に云った。野口はそれまで、中指と人指し指との間に巻莨《まきたばこ》をはさんでいた右の手と、緩《ゆる》い拳《こぶし》を造って、その上に顎をのせていた左手とを一寸見た。

「そうだよ、手は変だよ。僕はあんまり好きじゃない」と彼が云った。

「いやなものだね」

「手は変だよ。しかしそうすると、君にはその従兄の系統があるのか知ら」

「だって君、従兄はその後何ともありゃしないよ。今はもう五十近いと思うんだけれど。つまり若い時の神経衰弱だったのさ」

「でも怖いねえ、本当に何ともないのかい」

「従兄は何ともないさ。しかし、だからその系統なんかに関係はない話なんだけれど、その従兄の二度目の細君は、立派な気違いになって死んでしまった」

野口は急に寒そうな顔をした。その癖彼は無暗にそんな話を聞きたがった。

従兄の細君は、それ迄全然そんな徴候も見えなかったのだが、或時近所の人から仕立物を頼まれて、それが約束の日を過ぎてもまだ出来なかったので、内気なおとなしい人だったから、そんな事を気にしていたらしい。ある日その仕事を頼んだ人が訪ねて来たら、顔を一目見るなり悲鳴をあげて気絶してしまった。それからすっかり調子が狂って、もとに直らないうちに死んでしまった。

「その近所のおばさんの顔が、大きな狐の顔に見えたらしいのだ」

「いやだなあ、僕の顔が何かに見えやしないか。君の顔も、見ている内に、段段何かに変りそうだぜ」

野口は気味わるそうな目を転じて、自分の手を見ていた。私の事を色色無気味に解釈したり、今にも私の頭が狂い出すような忠告をしたりする癖に、野口自身は非常にそう云う事を恐れていた。そうして、どう云う根拠だか知らないけれど、いつかは自分自身がそう云う事になるものときめているらしかった。或は、そう云う事を恐れながら待っている様にも見えた。同時に自分のその不安に比例して私をおどかしている様にも思われた。

私が二三年前金銭上の事で非常な窮地に陥り、無断で学校の講義を休んだ儘、二月ばかり中国地方をうろついていた当時、野口は私が再び帰っては来ないものと思って、今に何処からか自殺の知らせを受けるだろうと、ひやひやしていたらしい。その実、私は割合に平気で、方方知らない所を歩き廻っていた。自分の本心を欺いていると云うかすかな自識はあったにしろ、兎《と》に角《かく》自殺する程に思いつめた事もなく、又自分の気持にどこか食い違ったらしいところもあって、当時の一切の事が、何となく他人事《ひとごと》のようにばかり感じられていた。

しかし、その間にただ一度、ある夜伯者《ほうき》の米子《よなご》の町外れを歩いていたら、真暗な道の傍に不意に思いもかけない浪の音を聞いた事があった。丸で不案内の土地だったので、現にその繁吹《しぶき》を浴びるまでは、漠然ながら反対の方角にあるものと考えていた海の音を、いきなり脚下に聞いた時の事を思い出す。事によれば、或《あるい》は私自身の知らない定めがあって、野口の心配してくれた事も、全くの杞憂《きゆう》ではなかったかも知れない。しかし、兎に角私は無事に帰って来た。

私の帰った事をきいて、野口は非常によろこんでくれた。まだ会わない前にその言伝てを聞いて、私は彼の親切を今更の如くうれしく思った。しかし、それと同時に、彼の私に対する警告は益《ますます》物騒になって来た。

「気をつけたまえよ、君の顔は丸で変っている。行方不明になった前とは別人の様だぜ。第一その太り方ってないよ」

私が、その間に痩せもしないで、反対に妙に太って帰って来たのは事実だった。それから後も、次第に肥えて来るのを私は息苦しさで感じた。特にこの秋以来、夜《よる》昼《ひる》眠りつづける様になってからは、顔が無暗に大きくなるらしかった。私は鏡に向かって、長く自分の顔を見るに堪えなかった。

私はこの頃少し疲れたらしい。

今まで覚えのないような大きな欠伸《あくび》が出る。ひとりでに咽喉の奥がかあかあと鳴って、見苦しいと思っても止めるわけには行かない。そんな欠伸が出だしたら、三十から多い時は五十も、或はもっと出るらしい。ある時燐寸《マッチ》の軸で数えていたら、しまいに数が足りなくなってしまった。そんな時は何をする事も考える事も出来ない。ただ手をつかねて、欠伸の止むのを待っている。

それから、鼾《いびき》の音が益《ますます》大きくなるらしい。この頃は寝ている自分の耳に聞こえ出した。鼾が聞こえると云う筈はないと思うのだけれど、しかし私は殆ど毎夜自分の鼾を聞いて眠っている。咽喉にひっかかるかすかな節も、にぶい調子の高低も、おぼろげながら耳の中に記憶がある。私は醒めている時、自分の鼾の節と調子を真似ることが出来る。

そうして相変らずよく眠る。いくら寝ても寝足りない。夜昼《よるひる》暇さえあれば寝床の中にもぐり込む。そうして中途で目がさめると、枕許《まくらもと》の水を飲んで又眠る。飲み下した冷たい水が、腹の中で暖かくなると同時に寝入ってしまう。水に催眠の力があるのではないかとさえ思う。

だから私の寝床には、いつでも家《うち》の者が気をつけて、お盆に水を載せて置いてくれる。その水が時時、私の飲まないうちになくなる事がある。夜中に目がさめて、いつもの通り水を飲もうとすると、寝る前には一ぱいあったコップの中が、半分足らずになっている事がある。始めの内は寝惚《ねぼ》けて自分の飲んだのを忘れるのだろうと思ったけれど、段段そうではないらしくなって来た。これから寝ようと思って寝床に行って見ると、枕許のコップに水がないから、家《うち》の者を呼んでそう云ったら、さっき一ぱいに注いで置いたと云った。そう云えば、コップの底がぬれていた。どう云うわけなのだか解らなかった。ある晩は、宵のうちから眠っていると、いきなり顔に水をかけられた様な気がして目がさめた。まだ下では家のものの話し声が聞こえていた。私は夢ではないかと思って、額《ひたい》を撫でて見たら、その手がぬれたので、驚いて半身起こして辺りを見廻したけれど、何の事もなかった。

それから時時遠くの方で、宵とも夜半とも時刻を定めずに、何だかわからない声が一声ずつ聞こえた。多くは北の方から来るらしいのだけれど、それは余りはっきりしなかった。その声は、何の声に似ているとも云われなかった。又余り無気味でもなかった。ただ同じ声を何度も聞くのが気がかりだった。

そうして眠っている間は、何の面白味もない同じような夢を、繰り返し繰り返し見続けた。変によそよそしい顔をした見知らない男が二三人ずつ出て来て、いつも私の顔をしけじけと見ている計りだった。目がさめてから、夢のあとを追って見ても、何の聯想《れんそう》も判断も浮かばなかった。その男たちは時時顔が代わるのか、いつも同じ仲間なのか、それもはっきりしなかった。

学校も段段休み勝ちになった。しかし私は努めて出るようにはした。

同僚はみんな何だか知らないけれども、云いたい事を隠している様な顔をしていた。或《あるい》は何かを申し合わせているような風でもあった。尤《もっと》も、彼等がそんな顔をしていると云うだけで、特に私にそう思われたと云うわけではない。だから私は誰にでも構わずに話しかけた。相手はいつも浮かぬ顔をしていた。

二月末になって、二度目にぶり返して来た西班牙風《スペインかぜ》の為に斃《たお》れる人が沢山あった。

しかし私の学校の職員は、だれも死ななかった。

「ここの人はみんな割合に達者ですね」とある教師が云った。

「死ぬ程生きてる人がいないからさ」と私が云った。

その相手が聞き返した。

「それはどう云う意味ですか」

すると、その近くにいた他の教師がそこへやって来て、

「どうも朝の省線の混むのには閉口ですよ」

そんな事を云い出して、さっきの相手との話のつぎ穂をなくしてしまった。それをどう云うわけだと考えるのが私には退儀だった。

ある時食堂がこんでいたので、私の隣りにいる男に、「君の腕を食いそうだ」と云ったら、その男は返事をしなかった。

私は不用意に出る冗談を控えようなどとは思わなかった。しかし、学校に行って同僚達にあうのは段段億劫《おっくう》になった。


野口を訪ねて行ったら、女中が二階の書斎に案内して、今下で来客にあっているか

ら、暫らく待ってくれとの挨拶だった。

床の間の前に並んだ大きな本箱と本箱との間の壁際に、椅子が一脚置いてあったので、私は洋服の膝をらくにする為に、それに腰をかけてぼんやりしていた。

三月に入ったばかりなのに、急に世間が暖かった。硝子戸《ガラスど》の向うに低く見える西の空に霞の様なものがかかっていた。

その内に、後から二人連れの訪客が通された。それから間もなく、若い婦人の客も一緒になった。私はそれ等の人人に椅子の上から会釈して、もとの通りぼんやりしていた。

いつ迄たっても野口は顔を見せなかった。暈《かさ》のかかった大きな太陽が、硝子戸の向うに傾いて行くのが見えた。誰も口を利かなかった。不思議な事には、二人連れで来た男も、お互同志の間に何の話もしなかった。私は余り長い間椅子に掛けていたので、却《かえっ》て窮屈になり、今度は座布団の上に下りて、胡座《あぐら》になりたいと思ったけれど、無言の人人の中に、からだを動かすことも出来なかった。

それから暫らくして、漸《よう》や野口が現われた時、私はその顔を見てびっくりした。もともと痩せた顔が一層細くなり骨立って、額にかぶった髪の毛には色も光沢もなかった。しかしそれよりも不思議な事には、どことなく顔の輪郭が二重になっているような感じがした。

野口はいきなり入口の方にいたお客に挨拶をした。そうして、「そら、大学の西島さんを知ってるでしょう。あすこのお嬢さんが家出してね、今それでお母さんが見えて、僕はどうも弱っちまった」と云った。

「そりゃもう大分前の話しじゃないですか。いつか新聞にありましたね」と一人の男が云った。

「いや、それとは別で、今度は姉さんの方なのだ。あすこは、みんな少し変なのだね」

「そうですか」

「こんな事を云っちゃ悪いか知れないけれど、今度のだって、なんにも原因がわからないんだからね。ラヴか何かではないらしい」

「あなたの所によく来たのですか」

「姉さんの方は二三度来た事もあるんだけれど、それよりも、しょっちゅう僕の小説を読んでいたと云うのでね、何だか責任がありそうで困る」

「そりゃ責任がありますよ」ともう一人の男が少し大袈裟に云った。「あなたのものを読んでおれば、誰だって少しは変な気持になりますからね」

「そんな馬鹿な事があるものか。僕の書くものは実に健全だよ」

「ねえ君」と私が声をかけた。

「あっ、びっくりした。おどかしちゃいけないよ」と野口が云った。本当にびっくりしたらしかった。「失敬、失敬、君の事は忘れていた。しかしそんなところに君、真黒い洋服でしゃがんでいられては、誰だってびっくりするよ」

「しゃがんでやしないよ。しかし君はどうかしたのじゃないの、随分痩せたね」

「僕の事より、君は又実に大きな顔をしてるじゃないか、まあこっちへ出て来たまえ。御紹介しよう」

私が椅子を下りて、座布団に坐ろうとしている内に、彼は云った。

「この方は黎明社の原田君と森君だ。それから女流作家の香川さん、知ってるだろう君」

私が返事をしないうちに、彼は立て続けに云った。

「この人は僕の友人で先輩で『瑪瑙《めのう》』の著者の青地豊二郎君と云う気違いです」

「本当だよ、そうか、それは本当に良かった」と云った。「本当だよ、その、顔に光沢《つや》の出て来たところが証拠だよ」

「これは顔の脂だ」

「違うよ」野口は二人の客の方に向かって云った。「もし君等の云う如く僕の書いたものに多少でも変な傾向があるとしたら、それはこの人の間接の影響なのだ。御当人は案外平気らしいのだけれど、お蔭で僕の方が怪しくなりそうだ」

「それは面白いですね、ああ云う傾向は伝遷しますからね」

「面白かないよ君」

「先生にもその素質がおありなんでしょう」と女の人が云った。

「馬鹿云っちゃ困りますよ。僕は実に健全なのだけれど、この人が時時おどかすからいけないのだ」

野口は、重病人が病床から抜け出して来た様な顔をしていながら、案外元気で、寧《むし》ろはしゃいでいるらしくもあった。

女の客は、何か自分の作物の事について簡単な依頼をして帰って行った。

二人の客は別に用事もなかったらしく、取り止めのない話ばかりして、いつ迄も座を起たなかった。尤《もっと》も私にも格別の用事はなかった。

「相変らず山高帽子をかぶってるのだろう。あれは止めた方がいいね」

「止めるのはいやだ。君のような事を云う人があると、なお更止められない」

「それそれ、それが変なのだよ。第一君があの帽子をかぶると怖いよ。ああ云うものを見ると毒だね」

「君の顔だって気晴らしにはならない」

「少くとも君があれをかぶる事は、李下《りか》の冠《かんむり》瓜田《かでん》の履《くつ》だ」

「それを承知の上で、わざわざ瓜田に履を納《い》れる事もあるさ」

「すると目の前にごろごろ瓜がころがってるから、矢っ張り盗みたくなるから危《あぶな》いよ。君の場合は正にそれだね」

野口はいつ迄たっても、そんな話ばかりした。私はしまいに受け答えに窮してしまった。そうして同席の未知の人が、何と思うだろうと云う懸念が、次第に私を不安にした。

「その後、幻聴は聞こえないかい」

野口はまだ止めなかった。

「大丈夫だよ、幻聴なんか聞くものか」

「でもあの蕎麦屋《そばや》の話は怖かったよ。僕は一晩じゅうおどかされた。何だか聞こえそうな気がして仕様がなかった。ねえ君、この人はね」野口は二人の方に向かって、気味のわるい指で私を指さしながら云った。「この人にはもう幻聴があるんだよ。怖いねえ。怖いだろう」

私は仕方がないから黙っていた。

暗くなってから、近所の古柳庵と云う料理屋に出かけて、四人で食事をした。野口は酒盃を措《お》かなかった。私は心配だから一二度注意して見たけれども、彼は一向平気だった。そうして無暗にべらべらと喋った。いくら飲んでも、彼の血の気のない顔は、もとの通り冷たそうだった。

私は、野口の云った幻聴の事が妙に気になり出した。

幻聴の恐ろしい事は、私も知っていた。しかし、野口がこの前そんな事を云い出した時は、又彼の例の癖が始まったと思ったきりで、それ程気にも止めなかったのだけれど、今日また更《あらた》めて彼からそれを云われて見ると、その後の、寝床に聞こえる不思議な声の事も思い出して、余りいい気持はしなかった。そうして同時に、野口の何かかぶった様な二重の輪郭の顔が、私の目先を離れなくなった。

その晩家《うち》に帰ってから、自分の部屋に坐り込んで、閉め切った窓の戸をがたがたと動かして行く風の音を聞いていたら、私は明日と云う日が得体の知れない化物の様に思われ出した。

人が私の事を何と云うのも構わないし、又自分としても、万一そう云う懸念があれば、単に病覚のあるなしで、恐ろしい事をきめるわけにも行かなければ、又打ち消す事も出来ないのは知っている。その用心も、同時に安心もしてはいるつもりだけれど、それにしては人はうるさかった。と云うよりも人の云う事が気になった。又それを気にする理由もあった。寧《むし》ろ人が私をそう云う疑念で見る事が恐ろしかった。これから後、私について色色な事を云う人が次第に殖えるとする。明日は又何人にあうか解らない。そうして明後日はどこかで、人が私の事を変なふうに話し合っているだろう。そうして結局、私に拘《かか》わりのある人人がみんなそれを信ずるようになれば、私は今日のこの儘の状態でいながら、人人から合点の行かない扱いを受けなければならなくなるだろう。自分の事は人にかまって貰わなくてもいい。しかし人は私に対してその口を慎むべきである。ある人が瘋癲《ふうてん》病院を訪問する話を思い出した。その客が一人の患者に向かって、「君はどうしてこんな所に這入っているのです」ときいて見た。

「何、単なる意見の相違だよ」

「そんな事はないでしょう」

「いやそれに違いないのだ。己《おれ》は世間の奴等がみんな気違いだと云うのだ、世間の奴等はみんなで己をそうだと云うのさ。しかし多勢には勝てんからね、万事多数決だよ」

まあ人は何とでも思うがいい、と私は気をかえた。あんまりみんなでうるさく云うようだったら、わざとそんな真似をして、びくびくしている連中をおどかしてやってもいい。先《ま》ず差し当たり、多数派の頭目は野口だから、彼を一つおどかしてやろう。自分でしょっちゅうそんな事ばかり気にしているのだから、いよいよ私が変な様子で彼の前に現われたら、野口はあの長い手をくねくね動かして、どんなに気味をわるがるか知れないと思ったら、急に可笑しくて堪らなくなった。

私が家《うち》の風呂に這入った後で、細君は三つになる男の子を奥の座敷に寝かしつけておいて、近所の買物に出かけた。上の子供達は女中と一緒にどこかへ遊びに行った儘、まだ帰っていなかった。家《うち》じゅうに私と三つの男の子しかいなかった。そうして部屋部屋には電燈が明かるくついていた。

私は湯殿の中で、石鹸《せっけん》の置き場所がわからなくてまごついていた。不意にどこかで猫のうなる様な声が聞こえた。そうして段段に近づいて来る様に思われた。

私は湯槽の中に這入って、首だけ出してその声を聞いていた。猫の声ではないらしかった。子供が泣いてるのかも知れなかった。

しかし子供の声にしては、不思議な響きがあった。矢っ張り獣の唸る声の様にも思われた。私は湯槽の中で、一生懸命にその声を聴き澄ました。

次第に私は無気味になって来た。矢っ張り子供の声に違いないらしかった。しかし泣いているのではなくて魘《うな》されているのだった。

あんな小さな子供が魘されるか知らと私は考えた。

その声はいつ迄も止まなかった。

私は俄《にわか》に不安になって、急いで湯から上がろうとした。

その時、玄関の戸ががらがらと開いて、細君の帰って来た足音が聞こえた。

すると、さっきから続いていた声が、はたと止んでしまった。

私はほっとした。しかし同時に、もう聞こえなくなったさっきの声が、一層恐ろしかった様に思われ出した。

湯から上がった私の顔を見て、細君は云った。

「まあ怖《こわ》い顔、どうかなすったんですか」

私は黙っていた。からだのどこかが、かすかに慄《ふる》えていた。

「この子はこんなにずり出してしまって、畳の上ですやすや寝てるんですよ」

子供を起こさないように、上からそっと布団をかけていた手を止めて、細君はもう一度私の顔を見た。

「まあ本当にあなた此頃はどうかしていらっしゃるのね。誰かに診《み》ていただかなくて大丈夫か知ら」

私は急に思いついて、和服の著流《きなが》しに山高帽子をかぶって、野口の玄関に起《た》った。

辺りはもう暗くなりかけていた。中中《なかなか》取次が出て来なかった。

私は帽子をぬいて彼の書斎に通る前に、なるべくこの儘の姿を野口に見せたかった。取次が出たら、一応彼を玄関まで呼び出して貰うつもりで待ち構えていた。

すると、いきなり正面の襖《ふすま》があいて、野口自身が現われた。向うの部屋にともっている電燈のあかりを後《うしろ》に受けて、影法師のようにつっ起った。

そうしてそれっきり前にも来ないで、じっとしていると思うと、急に引き返して奥に消えてしまった。「一寸《ちょっと》」と云ったらしかった。しかしそれもよくは解らなかった。

それから長い間私は玄関に起っていた。誰も出て来なかった。もう一度案内を乞うのも変だった。何か野口に都合があったに違いない。或は私のこんな恰好を見て、びっくりしたのかも知れなかった。しかし、それにしても一寸顔を見せたきりで、何をしているのだか見当がつかなかった。

不意に私の後で声がした。見知らない男が丁寧に御辞儀をしている。

「私に御用なのですか」と私が尋ねた。

「はい、こちらの旦那様があなた様を御案内して来るようにとの事で、手前は古柳庵の者で御座います」

「野口君は君のところに行ってるのですか」

「はい先程お見えになりまして、お待ち兼ねで御座います」

私は合点が行かなかったけれど、兎《と》に角《かく》その男の後について古柳庵へ行った。

野口は待ってた様に私を迎えた。傍に、ついこの近所に家のある石井君がいた。石井君は野口の友人で、私も二三度彼のところで会った事がある。

「やあ失敬」と野口が穏やかな笑顔をして云った。しかし彼の顔は、この前会った時よりもまた痩せていた。口の辺りの様子がどことなく違って、人間が変っているように思われた。

「さっきはどうしたんだい」と私は尋ねた。

「うん今日はね、石井君に会いたいと思っていたんだ。君にも御馳走しようと思ったから、先廻りして待ち受けてたのさ」

「だって、あれっきり居なくなってしまって、僕はどうしたんだか解らなくなった。一体どこから出て来たんだい」

「そりゃ君一軒の家に出口は二つも三つもあるさ。一寸この菓子を食って見たまえ。うまいよ」

彼は何となく要領のない事を云った。そうして干菓子を一枚つまんでくれた。

それから三人で少し許り酒を飲んだ。

しかし未《ま》だいつもの半分も飲まない内に、野口は自分から切り上げて、すぐ御飯にしてしまった。

その後で、いろいろ取り止めもない話をした。

夜中に夫が目をさまして、水が飲みたいと云うのを、傍に寝ていた細君がねむいので、うるさがり、いい加減にあしらって、そのまま寝かしてしまった。暫らくたってから、細君がふと目をさまして見ると、自分の横に寝ていた夫が死んでいた。びっくりして飛び起きようとしたら、丁度その時、窓の隙間から小さな鼠が一匹這入って来て、自分達の寝ているベッドに上がり、夫の顔を這ってその口の中に飛び込んでしまった。すると死んでいると思った夫のからだに温《ぬく》りがさして、かすかに手足を動かした。そうして、その儘すやすやと眠りつづけた。

「水を飲みたいと云う魂が鼠になって、台所まで出て行ったのだ」と私が話した。

「面白い話だねえ。君が考えたのかい」と野口がきいた。

「そうじゃない、フリードリヒ・ランケの話なんだ。しかし僕達にもそんな事はありそうな気持がする。鼠になってるかどうだか、それは自分には解らないけれど、四五年前僕は毎晩眠ると魂が外に出て、枕の横にぶらさがったまま、中中《なかなか》もとに返ってくれないので、苦しいから目をさましたいと思っても、もとになる迄は起きることも出来ないのだ」

「何んだかそんな気持のする事はありますね。神経衰弱なんですね」と石井君が云った。

「それなり目をさましてしまったら、どうなるのだろうと思うと、恐ろしくなるんです。或《あるい》は何か急な刺激で起こされでもしたら、きっと頭の調子が狂って来るに違いないと思うのです」

「神経衰弱だよ」と野口が云った。「それより君、今度の文楽の人形を観たかい。面白いよ」

「いいや見ない。しかし、どこかで見た記憶はあるんだけれど。大阪か知ら。何だか、はっきりしないが、あの人形の顔は、どれを見ても、僕は余りいい気持がしない」

「そうだね、君にはそうかも知れないね。そう思って見ると無気味なところがあるよ」

何だか平生の調子とは違っていた。

石井君はいつもの無口で、ただにやにや笑って計りいる。しかしその石井君の寡黙にも、何か腑《ふ》に落ちないものがあった。

第一野口が私の事を、いつもの様につけつけと云わないのが不思議だった。そう云う事を急に遠慮して、差し控えるらしい彼の気持が、私にはよく解らなかった。

或は私の冗談がまともに利いて、彼は本当に心配しているのかも知れなかった。又私も始めのうちは朧気《おぼろげ》ながらそう云う風に感じて、何となく申しわけない様な、当惑した気持にもなった。その図に乗って、益《ます》彼《ます》をおどかすと云う様な、そんな気持は丸でなくなっていた。

しかし又必ずしもそうでもないらしい節節《ふしぶし》もあり、且《かつ》彼の平生から考えて、そう云う風な野口でもなかった。寧《むし》ろ、私の不思議に思う原因は、何か知ら彼自身の内にありそうに思われた。

しかし又考えて見ると、石井君の同席も不思議な気持がしないでもない。或は事によると、野口は私の姿を一目見るなり、裏口から逃げ出して、急いで石井君を呼び出して、二人で私に会うようにしたのかも知れない。けれども、それも矢っ張り私の思い過ぎで、実際はただ野口の云った通りなのかも知れなかった。何《いず》れにしても、彼の調子がいつもと違っている丈は確かだった。そうして、それが何の為だかは私には解らなかった。

みんな別別の途に分かれて帰る途中、私は狭い路地を抜けた。すると何だか、片側の塀の上にのぞいた樹の枝から、千切《ちぎ》れるように落ちたものがあると思ったら、暗い足許《あしもと》を一匹の猫が走り抜けた。

私はほろ酔の顔に、水をかぶった様な気がした。

私が重い頭をかかえて、考え込んでいる時、野口が訪ねて来た。本屋の包み紙にくるんだ彼の新刊の著書をひろげて、私に硯《すずり》と筆とを求めた。

扉に署名しながら、「君に差し上げる分がなくなったから、自分の本を本屋で買って来たのだ。惜しかったよ」と野口が云った。

私は彼の親切を感謝した。彼は何だかそわそわして落ちつかなかった。

「ゆっくりすればいいじゃないの」と私が云った。

「いやこれから斎藤の奥さんを見舞うのだ。斎藤の事は知ってるだろう君」

「いや知らない」

「知らないのか。斎藤は気の毒だよ。すっかり変なのだ。昨日病院に入れて来たんだけれどね、僕等だって、いつああなるか知れない。全く他人事《ひとごと》じゃないと思った」

「それは気の毒だね、前からそんなところがあったのか」

「そうでもなかったんだけれど」野口は急に話頭《わとう》を転じた。

「君は僕が結婚する日に丁度やって来た事があるね」

「そうそう、随分面喰ってしまった。君はだまってるんだもの」

「一寸失敬って、下から紋付を著て来たら、君は実に不思議な顔をしたよ。もう十年以上も昔だなあ」

私はこの頃碌碌《ろくろく》学校にも出ない。それは何となく労《つか》れて億劫な為ばかりでなく、二三年前の家の問題が依然解決出来ないので、これから先どうなるか知れない不安と焦燥の為でもあった。

「今もその事を考え込んでいたのだ」と私がその話をしたら、

「君はもうあの時自殺して来るものと思った。僕は全くそう思ったから、一人で心配していたんだ。君のその性格では、これから先、何年たっても君の煩いは解けやしない。君は一生涯苦しむんだよ」

野口はそう云って、それから私の顔を見て続けた。

「君には自殺する勇気もないし」

「勇気もなさそうだが、どうせ死ぬにきまってるんだから、ほうって置けばいい」

「僕は君を一ばんよく知ってるよ。君のお母さんや奥さんよりも、僕の方がよく知ってるよ。君の本当の気持がわかるのは僕だけだよ。ああすればいいとか、あれだから駄目だとか、いろいろ君の事を傍《はた》から云ったって、君にはそうは行かないのだ。しかし、もう行こう。ここいらに自動車屋はないか知ら」

私はふと瞼の裏に涙がにじむような気がした。

「まだ外は寒いね」と私が云った。

「じゃ左様なら」と云って、野口は辷《すべ》りのわるい門の戸をがりがりと開けた。

野口は私の為にある本屋に交渉して、千円の金を用意してくれた。そうして一緒に行って、自分の名前で受取ってくれた。

その後で彼を訪ねたら、パイプを啣《くわ》えたまま、椅子に靠《もた》れて妙な顔をしていた。丸で眠っている様だった。頸も手もぐにゃぐにゃで、頼りがなさそうだった。

「どうしたんだい」と私は驚いて尋ねた。

彼は重たそうに瞼をあげて、私の顔を見た。しかし直ぐに又目をつぶって、ふらふらしている。

「眠り薬を飲み過ぎてね、まだよく覚めないんだよ」

暫らくして彼はそう云った。言葉もべろべろだった。「まだよく覚めない内に、起きたからだよ」

私は、この間古柳庵で私の話した事を思い出した。

「そんなのに起きて大丈夫か知ら」

「おなかが痛くて起きたんだよ」又暫らくしてから云った。「しかし、こんな事はしょっちゅうだから平気だ」

「そんな薬を飲んで、昼まで酔っ払っていては毒だよ」

「毒だって君、昼からお酒に酔っ払ってる人だってあらあ」

私は暫らくの間彼の前にいた。私が何か云えば、退儀そうに瞼をあげ、又思い出した様な応答はするけれど、黙っていればそのまま、ぐったりして、首を垂れてしまう。

私は彼を眠らしてはいけないような、又起こしても悪いような気がした。そうして、じっとその顔を見ている内に、私自身も段段瞼が重くなり、次第に首を垂れて眠り込む様な気持になってきた。

帰る時に、途中で公衆電話をかける用事があった。その料金の白銅貨を私は持っていなかった。すると野口は急に起ち上がって、変な足どりで梯子段を下り出した。私は、はらはらしながら、しかし手をかす事も出来ないので見ていると、間もなく彼は片手に一ぱい銀貨や白銅を握って帰って来た。蟇口《がまぐち》から摘まみ出す事が出来ないで、中身をそっくり手の平にうつして来たらしい。そうして起《た》ったなりでその手を私の前に差出すのだけれど、その間も彼はじっと起っている事が出来なかった。ふらりふらりと前後左右に揺れて、その度に足を踏み直した。彼の手の平には、十銭や五十銭の銀貨と混じって、五銭の白銅貨が一つあった。それを彼は摘まみ出そうとしている。しかし彼の指先は、彼方此方に游《およ》いで、中中《なかなか》それに触れなかった。

私は野口の様子が普通でないと思った。

そうして非常に心配になった。

しかし、彼がその二日後に自殺するとは思わなかった。

麻睡薬を少しずつ過量に飲んで、その最後の日の準備をしていたのだとは思わなかった。

その知らせを受けた時、私はいきなり自分の部屋に這入って、後の襖《ふすま》を締め切った。

「野口は自殺した」と私ははっきり考えようとした。

しかしそれは私には出来なかった。

どうして自殺したのだろうとも思わなかった。

ただ私の長い悪夢に、一層恐ろしい陰の加わった事を他人事《ひとごと》のように感じただけだった。

何日か過ぎたある夜明けに、突然私は自分の声にびっくりして目がさめた。何を云ったのだか解らなかったけれど、恐ろしく大きな声だった。咽喉一ぱいに叫んだらしかった。しかし別に悲鳴をあげるような夢を見ていたのでもなかった。寧《むし》ろ、ぼんやり頭のどこかに残っている後の気持から云えば、何かに腹をたてて怒ったのかも知れなかった。もう夜明けが近いらしかったけれど、窓の色は真暗だった。そうして風の音もないしんしんとした闇の中に、季節外れの稲妻がぴかぴか光っていた。

私はずり出た肩に布団を引張って眠ろうとした。余り布団を引きすぎたので、襟が下の脣を撫でて、丁度水に溺れかかっているような気持がした。

（『中央公論』一九二九年六月号）

底本

Ⅰ〜Ⅲ

『随筆集　一分停車　増補版』私家本　一九九六年一〇月刊
「内田先生の時間」は『アラベスク』一九三五年八月号
「撫箏の図に題す」は『内田百閒集成16　残夢三昧』
ちくま文庫　二〇〇四年一月刊

内田百閒作品

「予科時代」『内田百閒集成6　間抜けの実在に関する文献』
ちくま文庫　二〇〇三年三月刊
「ゾルフ大使」『先生根性』福武文庫　一九九〇年七月刊
「冥途」「大尉殺し」「山高帽子」『内田百閒集成3　冥途』
ちくま文庫　二〇〇二年一二月刊

編集付記

一、本書は、内山保『一分停車』より、内田百閒に関するエッセイを独自に編集し、内田百閒の関連作品を加えたものである。篇末の初出表記は『一分停車』に拠った。文庫オリジナル。

一、正字旧仮名遣いを、新字新仮名遣いに改め、明らかに誤植と思われる語句は訂正した。必要に応じルビを適宜追加・削除した。

一、本文中に今日では不適切と思われる表現もあるが、発表当時の時代背景と作品の文化的価値に鑑みて底本のままとした。

中公文庫

百鬼園先生《ひゃっきえんせんせい》と私《わたし》

2024年7月25日　初版発行

著　者　内《うち》山《やま》保《やすし》

発行者　安部順一

発行所　中央公論新社
〒100-8152　東京都千代田区大手町1-7-1
電話　販売 03-5299-1730　編集 03-5299-1890
URL https://www.chuko.co.jp/

DTP　平面惑星
印　刷　三晃印刷
製　本　小泉製本

Published by CHUOKORON-SHINSHA, INC.
Printed in Japan　ISBN978-4-12-207534-4 C1195

各書目の下段の数字はISBNコードです。978－4－12が省略してあります。

中公文庫既刊より

う-9-4
御馳走帖
内田百閒《ひゃっけん》
朝はミルク、昼はもり蕎麦、夜は山海の珍味に舌鼓をうつ百閒先生の、窮乏時代から知友との会食まで食味の楽しみを綴った名随筆。〈解説〉平山三郎
202693-3

う-9-5
ノラや
内田百閒
ある日行方知れずになった野良猫の子ノラと居つきながらも病死したクルツ。二匹の愛猫にまつわる愛情と機知とに満ちた連作14篇。〈解説〉平山三郎
202784-8

う-9-6
一病息災
内田百閒
持病の発作に恐々としつつも医者の目を盗み麦酒をがぶがぶ……。ご存知百閒先生が、己の病、身体、健康について飄々と綴った随筆を集成したアンソロジー。
204220-9

う-9-7
東京焼盡《しょうじん》
内田百閒
空襲に明け暮れる太平洋戦争末期の日々を、文学の目と現実の目をないまぜつつ綴る日録。詩精神あふれる稀有の東京空襲体験記。
204340-4

う-9-10
阿呆の鳥飼
内田百閒
鶯の鳴き方が悪いと気に病み、漱石山房に文鳥を連れて行く……。『ノラや』の著者が小動物たちとの暮らしを綴る掌篇集。〈解説〉角田光代
206258-0

う-9-11
大貧帳
内田百閒
お金はなくても腹の底はいつも福福である――質屋、借金、原稿料……飄然としたなかに笑いが滲みでる。百鬼園先生独特の諧謔に彩られた貧乏美学エッセイ。
206469-0

う-9-12
百鬼園戦後日記Ⅰ
内田百閒
『東京焼盡』の翌日、昭和二十年八月二十二日から二十一年十二月三十一日までを収録。掘立て小屋の暮しを飄然と綴る。〈巻末エッセイ〉谷中安規（全三巻）
206677-9

う-9-13
百鬼園戦後日記Ⅱ
内田百閒
念願の新居完成。焼き出されて以来、三年にわたる小屋暮しは終わる。昭和二十二年一月一日から二十三年五月三十一日までを収録。〈巻末エッセイ〉高原四郎
206691-5

う-9-14
百鬼園戦後日記Ⅲ
内田百閒
自宅へ客を招き九晩かけて還暦を祝う。昭和二十三年六月一日から二十四年十二月三十一日まで。索引付。〈巻末エッセイ〉平山三郎・中村武志〈解説〉佐伯泰英
206704-2

う-9-15
追懐の筆 百鬼園追悼文集
内田百閒
夏目漱石、芥川龍之介ら文学者から、親友・宮城道雄、学生、飼猫クルツまで。哀惜をこめてその死を悼み、思い出を綴る。文庫オリジナル。〈解説〉森まゆみ
207028-8

う-9-16
蓬莱島余談 台湾・客船紀行集
内田百閒
台湾へもう一度行き度くて夢に見る様である――友人に招かれ鉄路で縦断した台湾をはじめ、日本郵船での太平洋戦争直前の客船紀行を集成。〈解説〉川本三郎
207165-0

ひ-37-1
実歴阿房列車先生
平山三郎
阿房列車の同行者〈ヒマラヤ山系〉にして国鉄職員だった著者が内田百閒の旅と日常を綴った好エッセイ。人物像を伝えるエピソード満載。〈解説〉酒井順子
206639-7

こ-63-1
漱石先生と私たち
小宮豊隆
寺田寅彦、鈴木三重吉から芥川龍之介まで。木曜の面会日に漱石を囲んで集った門下生たちの文学的青春の日々を第一の弟子が語る。〈コミックエッセイ〉香日ゆら
207438-5

て-8-3
漱石先生
寺田寅彦
自他共に認める別格の弟子が文豪の素顔を親愛の情を籠めて綴る。高等学校での出会いから周辺に集う人々まで。文庫オリジナル。〈巻末エッセイ〉中谷宇吉郎
206908-4

さ-80-3
漱石の読書と鑑賞
佐藤春夫編著
新刊の感想、門下生の指導・売り込みなど。漱石書簡中の同時代小説評を佐藤春夫が解説。登場作品十六篇を収録する。百閒の随筆、芥川と久米の返信を付す。
207454-5

各書目の下段の数字はISBNコードです。978－4－12が省略してあります。

い-38-4
太宰治
井伏鱒二
師として友として太宰治と親しくつきあった井伏鱒二。二十年ちかくにわたる交遊の思い出や作品解説など太宰に関する文章を精選集成。〈あとがき〉小沼　丹
206607-6

な-73-3
鷗外先生　荷風随筆集
永井荷風
師・森鷗外、足繁く通った向島・浅草をめぐる文章と、自伝的作品を併せた文庫オリジナル編集。巻末に谷崎潤一郎、正宗白鳥の批評を付す。〈解説〉森まゆみ
206800-1

さ-55-3
君と私　志賀直哉をめぐる作品集
里見弴
絶交と復縁を繰り返しながら、生涯にわたる友情を育んだ二人の作家。若き志賀との交友を描く小説・随筆を初集成。文庫オリジナル。〈解説〉麻井　朝
207364-7

は-28-2
二魂一体の友
萩原朔太郎
室生犀星
北原白秋主宰の雑誌投稿で出会い、生涯の親友にして好敵手となった二人。交流を描いたエッセイ、互いの詩集に寄せた序文等を集成する。文庫オリジナル。
207099-8

う-3-17
青山二郎の話・小林秀雄の話
宇野千代
稀代の目利きと不世出の批評家を無垢の眼で捉えた全文集。両者と大岡昇平による著者をめぐるエッセイを併録。文庫オリジナル。〈解説〉林秀雄・宇月原晴明
206811-7

お-2-17
小林秀雄
大岡昇平
親交五十五年、評論から追悼文まで「人生の教師」であった批評家の詩と真実を綴った全文集。巻末に小林との対談収録。文庫オリジナル。〈解説〉山城むつみ
206656-4

ち-8-16
対談　日本の文学　素顔の文豪たち
中央公論新社編
森鷗外、夏目漱石、芥川龍之介、谷崎潤一郎、太宰治……文豪の家族や弟子が間近に見たその生身の姿を語る。全集『日本の文学』の月報対談を再編集。全三巻。
207359-3

ち-8-17
対談　日本の文学　わが文学の道程
中央公論新社編
川端康成、小林秀雄、宇野千代、井伏鱒二、武田泰淳、三島由紀夫、有吉佐和子、開高健……作家が自らの作品、当時の文壇事情や交友を闊達自在に語り合う。
207365-4

つ-34-1
漱石の白百合、三島の松　近代文学植物誌
塚谷裕一
虞美人草、スイートピーから紅茸まで、文豪は植物をいかに描写してきたか。広大な文学作品の森に息づく草花を植物学者の視点で読み解く。〈解説〉大岡玲
207218-3

ち-8-18
対談 日本の文学　作家の肖像
中央公論新社 編
泉鏡花、国木田独歩、島崎藤村、林芙美子、柳田国男、菊池寛、稲垣足穂、横光利一……全集編集委員や同時代評論家による作家論。〈解説〉大岡昇平／関川夏央
207379-1

は-67-1
文士の時代
林忠彦
紫煙のなかの太宰治、織田作之助、坂口安吾。そして川端康成、谷崎潤一郎、三島由紀夫ら文豪たちの素顔をとらえた写真集がよみがえる。〈解説〉林義勝
206017-3

ち-8-1
教科書名短篇　人間の情景
中央公論新社 編
司馬遼太郎、山本周五郎から遠藤周作、吉村昭まで。人間の生き様を描いた歴史・時代小説を中心に中学教科書から厳選。感涙の12篇。文庫オリジナル。
206246-7

ち-8-10
教科書名短篇　科学随筆集
中央公論新社 編
寺田寅彦、中谷宇吉郎、湯川秀樹をはじめ、岡潔、矢野健太郎、福井謙一、日髙敏隆七名の名随筆を精選。国語教科書の名文で知る科学の基本。文庫オリジナル。
207112-4

ち-8-2
教科書名短篇　少年時代
中央公論新社 編
ヘッセ、永井龍男から山川方夫、三浦哲郎まで。少年期の苦く切ない記憶、淡い恋情を描いた佳篇を中学教科書から精選。珠玉の12篇。文庫オリジナル。
206247-4

ち-8-9
教科書名短篇　家族の時間
中央公論新社 編
幸田文、向田邦子から庄野潤三、井上ひさしまで。かけがえのない人と時を描いた感動の16篇。中学教科書から精選する好評シリーズ第三弾。文庫オリジナル。
207060-8

な-73-1
麻布《あざぶ》襍記《ざっき》　附・自選荷風百句
永井荷風
東京・麻布の偏奇館で執筆した小説「雨瀟瀟」「雪解」、随筆「花火」「偏奇館漫録」等を収める抒情的散文集。初の文庫化。〈巻末エッセイ〉須賀敦子
206615-1

各書目の下段の数字はISBNコードです。978－4－12が省略してあります。

な-73-2
葛飾土産
永井荷風
石川淳が「戦後はただこの一篇」と評した表題作ほか、短篇・戯曲・随筆を収めた戦後最初の作品集。久保田万太郎の同名戯曲、石川淳「敗荷落日」を併録。
206715-8

な-73-4
小説集 吉原の面影
永井荷風／樋口一葉／広津柳浪／泉鏡花
荷風に誘われて遊里をゆく。永井荷風「里の今昔」、樋口一葉「たけくらべ」、広津柳浪「今戸心中」、泉鏡花「註文帳」を収録。文庫オリジナル。〈解説〉川本三郎
206936-7

あ-84-3
背徳についての七篇 黒い炎
安野モヨコ選・画
幸田文／久生十蘭／永井荷風 他
全員淫らで、人でなし。不倫、乱倫、子殺し……濃密に咲き乱れる、人間たちの〝裏の顔〟。安野モヨコの挿絵とともに、永井荷風や幸田文たちの名短篇が蘇る。
206534-5

い-38-3
珍品堂主人 増補新版
井伏鱒二
風変わりな品物を掘り出す骨董屋・珍品堂を中心に善意と奸計が織りなす人間模様を鮮やかに描く。関連エッセイを増補した決定版。〈巻末エッセイ〉白洲正子
206524-6

い-38-5
七つの街道
井伏鱒二
篠山街道、久慈街道……。古き時代の面影を残す街道を歩いて、史実や文献を辿りつつ、その今昔を風趣豊かに描いた紀行文集。〈巻末エッセイ〉三浦哲郎
206648-9

い-38-6
広島風土記
井伏鱒二
広島生まれの著者による郷里とその周辺にまつわる回想や紀行文十七編、小説「因ノ島」「かきつばた」、半生記などを収める。文庫オリジナル。〈解説〉小山田浩子
207375-3

つ-3-8
嵯峨野明月記
辻邦生
変転きわまりない戦国の世の対極として、永遠の美を求め〈嵯峨本〉作成にかけた光悦・宗達・素庵の献身と情熱と執念。壮大な歴史長篇。〈解説〉菅野昭正
201737-5

つ-3-20
春の戴冠1
辻邦生
メディチ家の恩顧のもと、花の盛りを迎えたフィオレンツァの春を生きたボッティチェルリの生涯——壮大にして流麗な歴史絵巻、待望の文庫化！
205016-7

各書目の下段の数字はＩＳＢＮコードです。978－4－12が省略してあります。

つ-3-29
地中海幻想の旅から
辻 邦生
その青さは、あくまで明るい、甘やかな青で、こちらの魂まで青く染めあげられそうだった――旅に生きた作家の多幸感溢れるエッセイ集。〈解説〉松家仁之
206671-7

つ-3-30
完全版 若き日と文学と
辻 邦生
北 杜夫
青春の日の出会いから敬愛する作家、自作まで。親友の二人が闊達に語り合う。ロングセラーを増補、全対談を網羅した完全版。〈巻末エッセイ〉辻佐保子
206752-3

か-18-10
西ひがし
金子 光晴
暗い時代を予感しながら、喧噪渦巻く東南アジアにさまよう詩人の終りのない旅。『どくろ杯』『ねむれ巴里』につづく放浪の自伝。〈解説〉中野孝次
204952-9

か-18-7
どくろ杯
金子 光晴
『こがね蟲』で詩壇に登場した詩人は、その輝きを残し、夫人と中国に渡る。長い放浪の旅が始まった――青春と詩を描く自伝。〈解説〉中野孝次
204406-7

か-18-8
マレー蘭印紀行
金子 光晴
昭和初年、夫人三千代とともに流浪する詩人の旅はいつ果てるともなくつづく。東南アジアの自然の色彩と生きるものの営為を描く。〈解説〉松本 亮
204448-7

か-18-9
ねむれ巴里
金子 光晴
深い傷心を抱きつつ、夫人三千代と日本を脱出した詩人はヨーロッパをあてどなく流浪する。『どくろ杯』につづく自伝第二部。〈解説〉中野孝次
204541-5

か-18-15
相 棒
金子 光晴
森 三千代
放浪詩人とその妻、二人三脚的自選ベストエッセイ集。金子の日本論、女性論、森のパリ印象記ほか。全集未収録の夫婦往復書簡を増補。〈巻末エッセイ〉森乾
207064-6

か-18-16
金子光晴を旅する
金子 光晴
森 三千代 他
上海からパリへ。『どくろ杯』三部作で知られる四年に及ぶ詩人の放浪を、本人の回想と魅せられた21人のエッセイで辿る。初収録作品多数。文庫オリジナル。
207076-9